「兄様を――」
「助けに来ましたっ！」
「先生を――」
ハワード公爵家次女
ティナ
四大公爵家であるハワード家に生まれながら魔法を全く使えなかった少女。アレンの指導の下、才能を爆発的に開花させ、王立学校に首席で入学した。
リンスター公爵家次女
リィネ
リディヤの妹。炎属性極致魔法『火焔鳥』を拙いながらも操る。王立学校に次席で入学した才女。
公女殿下の家庭教師12
Tutor of the His Imperial Highness princess

「さ、兄さん、感想をお願いします」
アレンの義妹
カレン
実力で王立学校の生徒会副会長に
上り詰めた狼族の少女。ティナや
リィネ達にとって、もう一人の先生。

「せ、先生……あの……」
ティナ
「あ、兄様……その……」
リィネ
「フッフッフ～……」
リリー

「……舐められたものだな。
私と戦えば、死ぬぞ？」
VS
【花天】の弟子　『黒花』
イオ・
ロックフィールド
聖霊教使徒次席。アリシアに次ぐ
実力者で、『七塔要塞』にてロブ
ソン・アトラスを暗殺した。

偽聖女の忠実な僕
ヴィオラ・ココノエ
冷静沈着に偽聖女の命令を遂行する謎多き少女。亡国で打たれた、古の剣を使う。
「さ、話はお仕舞い。せいぜい無駄な抵抗をしてね？」
「……」
『三日月』
アリシア・コールフィールド
大英雄『流星』の副官で、死んだものと思われていた。その身を吸血鬼に堕としている。
VS

「誕生日おめでとう。
また……君がお姉さんになったね」
「……バカ。
……ありがとう、アレン」

「わ、私はティナ御嬢様の専属メイドですから」

ティナの専属メイド

エリー

ハワード家に仕えるウォーカー家の跡取り娘で、ティナと共にアレンの指導でその才能を開花させたメイドさん。

CONTENTS

Tutor of the
His Imperial Highness princess

公女殿下の家庭教師12
約束の花園

七野りく

ファンタジア文庫

3222

口絵・本文イラスト　ｃｕｒａ

公女殿下の家庭教師12

約束の花園

Tutor of the His Imperial Highness princess

The promised garden

CHARACTER

登場人物紹介

『公女殿下の家庭教師』
『剣姫の頭脳』

アレン

博覧強記なティナたちの家庭教師。少しずつ、その名声が国内外に広まりつつある。

『アレンの義妹』
『王立学校副生徒会長』

カレン

しっかり者だが、兄の前では甘えたな狼族の少女。ステラ、フェリシアとは親友同士。

『雷狐』

アトラ

八大精霊の一柱。四英海の遺跡でアレンと出会った。普段は幼女か幼狐の姿。

『勇者』

アリス・アルヴァーン

絶対的な力で世界を守護する、優しい少女。

『アレン商会番頭』

フェリシア・フォス

人見知りで病弱ではあるものの、誰よりも心が強い才女。南都の兵站を担う。

『王国最凶にして
最悪の魔法士』

教授

アレン、リディヤ、テトの恩師。飄々とした態度で人を煙に巻く。使い魔は黒猫姿のアンコさん。

『アレンの愛弟子』

テト・ティヘリナ

教授の研究室に所属する大学校生。アレンを敬愛し、慕っている。王国西方辺境出身。

【双天】

リナリア・エーテルハート

約五百年前の大戦乱時代に生きた大英雄にして魔女の末裔。アレンへ、アトラを託す。

CHARACTER

登場人物紹介

王国四大公爵家（北方）ハワード家

『ハワード公爵』
『軍神』

ワルター・ハワード

今は亡き妻と娘達を心から愛している偉丈夫。ロストレイの地で帝国軍を一蹴した。

『ハワード家長女』
『王立学校生徒会長』

ステラ・ハワード

ティナの姉で、次期ハワード公爵。真面目な頑張り屋だが、アレンには甘えたがり。

『ハワード家次女』
『小氷姫』

ティナ・ハワード

『忌み子』と呼ばれ魔法が使えなかった少女。アレンの指導により王立学校首席入学を果たす。

『ティナの専属メイド』
『小風姫』

エリー・ウォーカー

ハワードに仕えるウォーカー家の孫娘。喧嘩しがちなティナ、リィネの仲裁役。

王国四大公爵家（南方）リンスター家

『リンスター公爵夫人』
『血塗れ姫』

リサ・リンスター

リディヤ、リィネの母親。娘達に深い愛情を注いでいる。王国最強の一角。

『リンスター家長女』
『剣姫』

リディヤ・リンスター

アレンの相方。奔放な性格で、剣技も魔法も超一流だが、彼がいないと脆い一面も。

『リンスター家次女』
『小炎姫』

リィネ・リンスター

リディヤの妹。王立学校次席でティナとはライバル。動乱を経て、更なる成長を期す。

『リンスター公爵家
メイド隊第三席』

リリー・リンスター

はいからメイドさん。リンスター副公爵家の御嬢様で、アレンとは相性が良い。

CHARACTER
登場人物紹介

アンナ …………………………… リンスター公爵家メイド長。魔王戦争従軍者。

ロミー …………………………… リンスター公爵家副メイド長。南方島嶼諸国出身。

シーダ …………………………… リンスター公爵家メイド見習い。月神教信徒。

ミナ・ウォーカー ……………… ハワード公爵家副メイド長。

サリー・ウォーカー …………… ハワード公爵家メイド隊第四席。執事のロランは兄。

シェリル・ウェインライト … 王女殿下。アレン、リディヤの王立学校同期生。

レティシア・ルブフェーラ … 『翠風』の異名を持つ伝説の英雄。王国最強の一角。

リチャード・リンスター …… リンスター公爵家長男。近衛騎士団副長。

ギル・オルグレン ……………… オルグレン公爵家四男。アレン、リディヤの後輩。

カーライル・カーニエン …… 侯国連合南部の有力侯。王国との講和を妨害している。

ロア・ロンドイロ ……………… 侯国連合南部の次期侯爵。カーライルとは因縁あり。

聖女？ …………………………… 聖霊教を影から操る存在。その正体は……。

イーディス ……………………… 聖霊教の使徒となった少女。王国北方ロストレイでステラ、アリスと交戦した。

ローザ・ハワード ……………… ステラ、ティナの母親。故人。旧姓『エーテルハート』。

プロローグ

「ちっ！　厄介だね。少しは足止めされるのが、襲撃者の可愛《かわい》げってもんだよっ‼」

私――レジーナ・ロンドイロが、地下へと向かう螺旋《らせん》階段に仕込んでおいた複数の水属性中級魔法『水神槍《すいじんそう》』は、追手の強力な魔法障壁によって悉《ことごと》く防がれ消失した。

窓から覗《のぞ》く雷曜日の夕陽《ゆうひ》の下――襲撃者である、つばの大きな黒帽子を被《かぶ》り、黒のドレスを身に纏《まと》った、黒傘を持つ美女が嘲るように唇を歪《ゆが》めるのが見える。

激情を覚えるも杖《つえ》を握り締め、身体強化魔法を全開。地下へ、地下へ、と飛ぶように階段を下りていく。老体には堪える動きだ。

此処《ここ》は私が治める侯国連合南部、ロンドイロ侯国。侯都外れにある、崖に聳《そび》えし廃教会。

現在、ウェインライト王国と不毛な戦争中にある連合の政治を正すべく、講和を望む他の南部三侯と水都への進軍について密談を行っていたところ……『聖霊教』の襲撃を喰《く》らったのだ。十三人委員会が開催される闇曜日前に、先手を取られるなんてねっ！

——敵の人数は僅か二名。何ら問題はない筈《はず》だった。

私達は歳《とし》こそ喰ったものの、二度の南方戦役を生き延びた古強者《ふるつわもの》。生半可な相手なぞ、返り討ちにするだけの自信は持っている。だが——その自負は、聖霊教異端審問官特有のフード付き灰色ローブの少女を従える黒衣の美女を見た途端、凍り付いた。

三日月のイヤリングを煌《きら》めかせて、腰までの黒銀髪と銀の瞳を、血の如《ごと》き赤銀髪と緋眼《ひがん》へと変貌させた美女は、慄《おのの》く私達へこう名乗ったのだ。

『私は『三日月』アリシア・コールフィールド。大英雄『流星』唯一の副官。貴女《あなた》達には死んでもらわないといけないの。『聖女』の言葉は絶対だから』

『三日月』！　もう一人の副官だった『翠風《すいふう》』と同格の怪物だ。

まさか、聖霊教に協力し、『吸血鬼』に身をやつしていようとはっ‼

愉悦を湛《たた》える緋眼に射抜かれ、私達は即座に悟った。

『このままでは全滅する。そして、そうなれば……交戦継続派の背後で暗躍する聖霊教によって、侯国連合そのものが瓦解《がかい》しかねない』

故に少数の護衛達が命を賭《と》して足止めをする中、私と三侯は分かれて即時撤退を選択。

結果——私の追手は、恐るべき吸血鬼だけになったというわけだ。

天井、石壁、階段に水魔法を仕込みながら、最下層へ。

後方で次々と発動していく魔法を感知しながら、かつては数百人が集まる祈祷場《きとう》に使われていた、窓もなく、何一つとして物もない地下広場へと駆けこむ。

壁の魔力灯が上から届く衝撃で揺らめき、世界樹と七竜の彫られた七本の大柱が震えた。

三侯が上層で灰色ローブの少女と戦闘しているのだ。私は顔を顰《しか》め、愚痴を零《こぼ》す。

「歳は取りたくないもんだねぇ……す〜ぐ、息が切れちまう。とっとと、ロアの奴に侯爵位を押し付けて、引退しておけば良かったよ」

水都で苦労しているだろう孫娘を思い、私は杖を構え、魔法を静謐《せいひつ》発動させる。

……あの子にはまだ教えなきゃならないことが多い。こんな所じゃ死ねないね。

轟音《ごうおん》と共に天井の一部が崩落し、黒傘を持つ黒衣の美女が広場へ降り立った。

道中、百を超える魔法を仕込んだにも拘《かかわ》らず無傷。化け物めっ！

「追いかけっこはもう終わり？　じゃあ、殺してもいいかしら？」

「……言ってくれるじゃないか。あんまり、私を舐《な》めるんじゃないよっ！」

壁一面に彫られた、枝を広げる世界樹と一人の男。

そして、翼を持つ鯨、水竜と花竜が視界に入った。水都の故事を基にした壁画だ。

……どうか、この老いぼれに精霊と竜の加護あらんことを。世界樹よ、最後の侯王に勝る勇気を我に与えたまえ。

幼き頃に一族の長老に教えられた祈りの言葉を内心で口にし、怪物を挑発する。

「あんた、『三日月』を名乗る割には油断し過ぎだよ。私がただ『逃げた』とでも、思っていたのかい？　自分が絶対無敵だ、とでも？　舐めんじゃないよっ！」

「油断？　……うふふ」

美女は口元を歪め、帽子のつばを上げた。

緋眼にあったのは——蔑み。

「これは、『余裕』というものよ？　『串刺し』レジーナ・ロンドイロ侯爵閣下？　諦めて、とっとと死んでくれないかしら？　そうすれば、苦しまなくてもすむでしょう？」

吸血鬼に弱点らしい弱点は存在しない。天敵は勇者と魔王のみ。

まして……夜が近い。

底知れない魔力は更に増し、接近戦では、素手で肉片にされてしまうだろう。

だが、それでもっ！

杖を突きつけ指摘。時間を稼ぐ必要がある。

「そうかい？　でも——かの『緋天』ならば私達を追わず、いきなりの『火焔鳥《かえんちょう》』で仕舞いにしただろう。あんたの元同僚の『翠風』だったら、私の首は会議場で飛んでいる」

「——……何が、言いたいのかしら？」

美女の声色が冷たくなり、紅黒《あかぐろ》い魔力が膨れ上がっていく。

この魔法障壁……まともな魔法じゃ貫通は無理だね。

「なに、簡単なことさね、自称古《いにしえ》の英雄殿？」

魔法は既に全て紡《つむ》ぎ終わっている。杖を回転させ、言い放つ。

「あんたの魔力、身体《からだ》強化魔法に体術、どれもこれも恐ろしい。だがねぇ……真の実力者は、何時如何《いついか》なる時も油断なんてしないもんだよっ。まして、魔王戦争の英雄『三日月』なら言わずもがなだ。あんたに、二百年以上に亘《わた》る実戦経験の厚みは感じやしないね。いったい何者だいっ！　まさか、『聖女の狗《いぬ》』なんて答えるんじゃないだろうね？」

「……私は『三日月』アリシア・コールフィールドよ。もういいわよね？　死んでっ！」

美女は極寒の吹雪を思わせる口調で返し、地面を蹴った。黒傘の先端が鈍く光る。

――かかった。

「死ぬのはあんただよっ！」

身体強化魔法を老いた身体に全力発動させ、同時に杖を大きく振る。

瞬間――地下広場全体に仕込んでいた魔法が一斉発動！

四方から、鈍色《にびいろ》の水属性上級魔法『大海水球』二十数発が吸血鬼に殺到した。

「無駄よっ！！！！！」

アリシアは自らの魔法障壁に絶対の自信を持っているのだろう。

躱《かわ》そうとすらせず、不気味な赤銀髪を振り乱し突撃を継続。読み通りだよっ！

私は石突で床を強打。

「えっ⁉」

水球はアリシアの魔法障壁に触れる手前で全て弾《はじ》けた。鈍色の水が大広場全体に撒《ま》き散らされる。足首まで浸《つ》かる程だ。戸惑い、怪物の動きが鈍る。

私は唇を歪め、杖を大きく振り――裂帛《れっぱく》の気合を叩《たた》きつけた。

「名も無き吸血姫、覚えておきなっ！　戦場の油断は――『死』を招くんだよっ‼」

アリシアの瞳が大きくなった瞬間――水は無数の鋭き『槍《やり》』へと変化。

怪物の強大極まる魔法障壁の一点に集束。遂《つい》には貫通を果たし、心臓を刺し貫いた。

「がっ……」「まだまだだよっ！」

私は血反吐《ちへど》を吐いた美女へ攻撃の手を緩めず、十数本の『槍』で吸血姫を貫かせる。

現在、一般に流布《るふ》する属性は『炎』『水』『土』『風』『雷』『光』『闇』の七つ。

そこに『氷』を加えたものが旧八属性。

だが、古の世界には他にも多くの属性が存在していた。

この魔法の属性は『鋼』。名は『黒水鋼槍《こくすいこうそう》』。

ロンドイロ侯爵家に、代々伝わる古の魔法書を私が研究開発、完成させた――恐るべき貫通力を誇る複合属性魔法だ。

私はこの魔法をもって『串刺し』の異名を得た。

――魔法の発動が止まる。

「ぐっ……はぁはぁはぁ……」

命を削る程の魔力を振り絞った私は、その場で片膝をつき、荒く息を吐く。

目の前には、十数の槍に刺し貫かれ、空中でダラリ、と停止している自分の血に濡《ぬ》れた黒衣の美女。杖を支えに立ち上がり、嘯《うそぶ》く。

「実戦経験不足が裏目に出たようだねぇ。あんたの正体も気になるが……さて」

何時の間にか上層階の震動が収まっている。

三侯が易々《やすやす》と殺《や》られたとは思えないが……私は顔を歪め、独白した。

「……消耗した状態じゃ、聖霊教の暗殺者と戦えやしないね。ニッティの息子の忠告は大当たり。リンスターとの『講和』だ『交戦継続』だ、なぞと言い合っている場合じゃなさそうだ……ピルロ、ニエトとも急いで話をしないと」

ちらり、と吸血姫を見やるも、ピクリ、とも動かず。鋼槍を伝い、鮮血が濡れた地面に広がっていくのみ。

……このまま撤退するか、戦友達を助けに戻るか。

半瞬だけ考え、私は杖を握り締め直した。

長年の戦友を見捨てる。それは、レジーナ・ロンドイロに非《あら》ずっ！

重い身体《からだ》に鞭《むち》打ち、半ば倒壊した入り口へと歩を進める。吸血姫は動かない。

——後方に人の降り立つ気配。

振り返ると、そこにいたのはフード付き灰色ローブを纏い、右手に見たこともない深紅に染まった片刃で緩やかに湾曲した長剣を持つ少女だった。

長剣から立ち昇る魔力は禍々《まがまが》しく凶悪。到底人の手に負える代物ではない。

私は杖を構え、睨《にら》みつける。

「あんたが来た、ってことは……あいつ等《ら》は死んだのかい？」

「はい。とても勇敢な方々でした」

涼やかな称賛。想像以上に若い。もしかすると、孫のロアよりも。

少女が私を指差す。魔力の流れが分からない。

「そして——貴女様もこれから後を追われます」

「はんっ！　言っておくが、私はそう簡単に、っ！？！！」

背中に凄《すさ》まじい悪寒《おかん》。

咄嗟《とっさ》に真横へ飛びながら、魔法を発動させようとし、

「がっっっ！？！！！」

辛《かろ》うじて首への一撃を躱すも、左腕に凄まじい激痛。

魔法障壁は紙のように千切れ、自分の細腕が宙を舞い、見る見る内に魔力が『吸われて』乾き砕けていく。床に転がり、片膝を立てて炎魔法を高速発動。歯を食い縛って傷口を焼き、止血。吸血鬼の攻撃は治癒魔法を阻害する。

——左手に残る私の血を舐め、アリシアが優雅に微笑《ほほえ》んでいた。

突き刺さったままの槍に罅《ひび》が走り、砕ける。

紅黒い魔力が蠢《うごめ》き、吸血姫の身体を覆うと、一瞬で胸と腹の穴が埋まり、漆黒のドレスすら修復される。丁寧な拍手。

「御見事だったわ。『七竜の広場《しちりゅうのひろば》』での戦いも楽しかったけど、老練な魔法士との戦闘も楽しいものね。ヴィオラちゃんもそう思わない？」

「……貴女《あなた》様は、毎回少し遊び過ぎかと」

「ええ～。酷《ひど》いわぁ」

吸血姫が、くすくす嗤《わら》い、黒傘を開き、クルクルと回す。

まるで、残酷な幼女のように。……悍《おぞ》ましい。

私は杖《つえ》を支えに立ち上がり、呻《うめ》く。

「……槍と私の魔力を、喰《く》らった、かっ。本当に、化け物だね……」

アリシアが答える前に、ヴィオラと呼ばれた少女がゆっくりと頭を振った。

そこにあるのは敬意と憐憫《れんびん》。

「貴女様方の技量、真《まこと》に素晴らしきものでした。相手がアリシア様と私――聖女様の下僕、ヴィオラ・ココノエでなければ生き残れたでしょう。異教徒とはいえ、苦しめるのは本意ではありません。抵抗をお止《や》めください。楽に殺して差し上げます」

「…………はんっ」

私は少女の馬鹿な提案を鼻で嗤い、魔法を次々と展開していく。

ようやく沈痛魔法が効き、左腕の痛みは鈍化。……やれるっ！

私は数十年間、共に戦い続けた杖で床を突いた。

最後の魔力を振り絞り、地下広場全体を封鎖。魔法陣が浮かび上がる。

美女は小首を傾《かし》げ、少女が驚く。

「あら～？」「！　先程の魔法に仕込んで？」

「左腕の一本を落としただけでもう勝ったつもりかい？　舐《な》めんじゃないよっ！」

こいつ等は私達を殺した後、水都で何かとんでもない事をするつもりだ。

ならば……それを止めるは、連合の侯爵としての責務っ！

全魔力が集束していく中、水都で奮闘しているだろう可愛《かわい》い孫娘の泣き顔が脳裏をかすめた。……悪いね、ロア。後は頑張っておくれ。

「私はレジーナ・ロンドイロ。侯国連合の一角、ロンドイロ侯国を治める者。あんた達みたいな、祖国に仇《あだ》なす者を生かしちゃおけないっ！　一緒に死んでもらうよっ‼」

瞬間、私の視界は経験したことのない光に包み込まれた。

＊

老魔法士の魔法が発動するやいなや――私はアリシア様に手を引かれた。

黒傘を翳《かざ》され、比べるのも馬鹿馬鹿しい程の魔法障壁によって、命を賭《と》しただろう最後の魔法が散らされていく。

全てが終わった時——廃教会は半ば崩壊していた。

地下室も天井と床の大半を喪《うしな》い、眼下に広がる漆黒の闇を湛《たた》えた海面からは、微《かす》かに波の音が聞こえてくる。片腕を喪った老魔法士が仮に落下しても、生き残れないだろう。

自らの頰に左手の人差し指を置かれた、アリシア様が不思議がられる。

「最後の最期《さいご》まで諦めず戦って、愉《たの》しませてくれると思ったのだけれど……見込み違いだったかしら？　もう少し遊びたかったわぁ。取り敢《あ》えず」

先程まで、荒れ狂っていたとは思えぬ穏やかな微笑み。

「お疲れ様、ヴィオラちゃん。また、強くなったみたいね」

目礼し、長刀を鞘《さや》へ納める。

すると、髪と瞳を銀色に戻されながらアリシア様が懐《なつ》かしそうに呟《つぶや》かれた。

「久方ぶりに、その大太刀の——大業物『鴻鵠《こうこく》』の吸い込まれるような刃の輝きを見られて嬉《うれ》しかったわぁ。魔王戦争の時、本気で殺されかけたのを思いだして」

「…………」

答えに窮する。

この大太刀は、かつて世界に神がいた頃より、私の一族が代々継承してきた代物らしいが、一族どころか、実の両親すら知らぬ身。どういう経緯で聖女様の御手許《てもと》に辿《たど》り着き、私に下賜《かし》されることになったのかは分からないし、興味もない。

私は、ただただ聖女様を御守《おまも》りし、ただただ聖女様の敵を斬るだけだ。

アリシア様が淡々と状況を確認される。

「これで、侯国連合内で私達に立ち向かう連中はいないわね。……いるとしたら」

「『欠陥品の鍵』と『剣姫《けんき》』」

「うふふ……楽しみだわぁ♪」

聖女様の信任篤《あつ》き、恐るべき英雄は幸せそうに零《こぼ》される。

厄介な連中との戦闘は避けたいが、口にはしない。聖女様直々の御命令により、私はこの御方と組んでいる。不快にさせたくはないのだ。

――何かの羽ばたく音。

顔を上げると、アリシア様の肩に黒い花弁《はなびら》で形作られた小鳥が停《と》まった。

「ふぅ～ん」

「……イオが何か？」

私は強い不快感を覚えつつ、その名を口にした。

聖霊教使徒次席イオ・ロックフィールド。

聖女様に選ばれた身でありながら、崇敬のまるで足りない自称『大陸最高魔法士』だ。

黒帽子のつばを下ろされ、アリシア様が教えてくださる。

「最低限の『お仕事』を終えたみたい。『七塔要塞《しちとうようさい》』でロブソン・アトラスを討ったって。これで、最後の支柱を失ったアトラス侯国は、あの子の計画通り連合から離脱。北部の各侯国は水都に関わる余力をなくし、対応せざるを得ないリンスターも大兵を水都へ送れない。残るのは、カーニエン、ピサーニ、ニッティくらいだけど、兵数的には知れている。……問題は怖い怖い『勇者』と『竜』ね」

『三日月』アリシア・コールフィールドは強い。

純粋な戦闘力でならば、現大陸最強と言っても良いかもしれない。

けれど、それでも……『勇者』と『竜』が同時に現れれば、苦戦は免《まぬが》れないのだ。

意識を変え、アリシア様へ提案する。

「『講和派中核を形成する南部四侯爵の排除』という目的は果たし終えました。これで、来る闇曜日、講和派が我等の邪魔をすることはありません。水都へ戻り──」

再び、今度は灰色の小鳥がアリシア様の肩に停まった。

「あら?」「?」

石の鳥………はっ！

私の愚鈍な頭が答えを導き出すのと同時に、片膝をつき、頭《こうべ》を垂れる。

顔を上げるのは不敬の為《ため》、その場で待機していると、アリシア様の声が降ってきた。

「あの子も水都へ来るそうよ。黒扉の解呪と——『顔を見ておきたい』んですって」

「⁉」

顔を上げ、私は黒衣の美女を見つめた。

御言葉の意味は理解出来ないが、私には関係ないこと。

この命を救っていただいた。大恩ある御方を——聖女様を御守りするのみっ！

アリシア様が夜空を覗《のぞ》かせている天井を見上げられた。

彗星《すいせい》と三日月が揺らめいている。

「私の忠告を無視して、新しき時代の『流星』と『剣姫』は未《いま》だ水都に留《とど》まっている。いけない子達！　あの子の予言通りね。でも——……」

黒衣の美女は、強い羨望《せんぼう》の表情を浮かべ殺すべき対象を称賛した。

「それでこそ英雄を継ぐに値するわ。決着をつけに行きましょう」

「つまり――『侯王』という存在が水都にいたのは確かだけれど、末代の詳細について知る書物は水都に殆《ほとん》どなく、口に出すのも禁忌扱い。死刑よりも重い記録抹消刑です、か」

「はい。後は昔使われていた祈りの中に『最後の侯王に勝る勇気を我に与えたまえ』というのがあるのを覚えているくらいで……御役に立てたでしょうか？　アレンさん」

僕の問いかけに対し、淡い青髪で女の子のように細い少年――侯国連合の名門、ニッティ家次男であるニコロは落ち着かない様子で目を伏せた。

水色基調のメイド服を着た美少女――エルフの血を引くトゥーナさんも心配そうだ。

「勿論《もちろん》です。書庫で見つけたメモの解読も含め、助けてもらってばかりですね」

「そ、そんな……僕は守ってもらっていますし」

聖霊教の目標となっている少年は、表情を明るくするも、もじもじ。兄のニケにも殊勝さを見習ってほしいな。

今、僕達がいるのは水都新市街。

獣人達の住まう『猫の小路《こみち》』外れにある廃墟《はいきょ》内の名もなき隠れ家の内庭。

中央では滾々《こんこん》と水が湧き出し、周囲には樹木。無数の花々が咲き誇り、蝶《ちょう》や小鳥達が飛び交っている。石造りの建物自体は半ば水没する前まで賓客用の宿に使われていたらしく、重厚で、まるで神殿。相当古く、苔生《こけむ》している。

一昨日の風曜日の晩、僕達は旧市街にあったニッティの書庫で、聖霊教の異端審問官と、復讐《ふくしゅう》者と化していたニッティの老家宰トニ・ソレビノの襲撃を退けた。

そして、行き場を失った僕達へ、水都獣人族の纏《まと》め役である獺《かわうそ》族のジグさんが用意してくれたのがこの隠れ家だったのだ。

広い庭では先程来、紅髪《あかがみ》の少女——僕の相方である『剣姫』リディヤ・リンスターが、長い乳白髪を靡《なび》かせているリンスター公爵家メイド隊第六席のシンディさんと模擬戦中。

「リディヤ御嬢様《おじょうさま》。て、手加減をですね……」「シンディ、問答無用よ！」

数日前、僕達は魔王戦争の大英雄『流星』の副官であり、吸血鬼に堕《お》ちた『三日月』アリシア・コールフィールドと交戦。辛《かろ》うじて退けることに成功したものの、リディヤは魔力を使い過ぎた後遺症で戦闘不能状態に陥っていた。今は、その慣らしを行っているのだ。

少年へ目線を戻す。

「では、次に水都の伝承について。大図書館でアトラが絵本を読んでいたんですが、そこには、青の竜と樹々《きぎ》の身体《からだ》に翼を持つ竜が描かれていて――」

「あ、あの！　アレンさん、一つお願いがありますっ‼」

ニコロが勢いよく顔を上げ、真剣な表情で僕を見るも、

「え、えっとですね……僕のことは呼び捨て、っ！」「ニ、ニコロ坊ちゃま⁉」

吹き荒れる魔力のぶつかり合いによる余波を受け、少年は目を回した。

……刺激が強過ぎたかもしれない。

少女に介抱されるニコロを見守っていると、屋敷《やしき》から長い白髪に紫のリボンを着けた獣耳幼女――八大精霊の一柱『雷狐《らいこ》』のアトラがやって来て、僕の膝へ飛び乗った。

普段と異なり、白髪を二束に結った幼女は嬉しそうだ。

「アトラ、その髪は――」「サキ♪」

「サキさん？　似合ってるね」「☆」

屋敷の周囲で警戒をしてくれている、美しい黒髪に灰鳥羽《はいとば》が印象的なメイドさんでシンディさんと共に、リンスター公爵家メイド隊第六席を務めているサキさんがまとめてくれたようだ。

ほんわかしていると――前方で突風が吹き荒れた。

楽しそうなリディヤが持つ魔剣『篝狐《こうこ》』と、引《ひ》き攣《つ》った表情のシンディさんの黒い双短剣がせめぎ合い、大気を震わせている。

髪を押さえ、両手でグラスを持ち、冷水を美味《おい》しそうに飲む幼女を愛《め》でていると、シンディさんが僕を責めてきた。

「メイド虐《いじ》め、反対っ！　私は業務の改善を要求しますぅぅ～‼　アレン様には、リディヤ御嬢様の横暴を、抱きしめて止める最低限の義務が――きゃっ～！！！！」

耐え切れず、メイドさんが吹き飛ばされていく。

対して、剣士服姿のリディヤは追撃をせず、悠然と佇《たたず》んでいる。

――その姿、正しくリンスターの『公女殿下』！

僕達の故国であるウェインライト王国には、東西南北に四大公爵家が置かれていて、王家の血統が入っている歴史的背景から、それぞれの公爵・公子・公女には『殿下』の敬称がつくのだけれど……今のリディヤはそれに恥じない、と思う。

僕はアトラの口元をハンカチで拭きながら、魔力を探った。

サキさんの隠蔽結界は完璧。聖霊教の使徒にも当面バレないだろう。

問題は再開された水都全体を覆う大規模魔法通信妨害、か……。

アトラス侯国の『七塔要塞』が陥ち、リンスターとの連絡線は確保されたとはいえ、僕達が敵中で孤立していることに変わりはないのだ。

膝上で丸くなろうとしている幼女を撫《な》でていると、悲痛な声が空気を切り裂いた。

「ち、ちょっとぉぉぉ～！　和んでないで、助けて、くださぃぃぃ～‼」

一昨日の晩、トニ相手に、大立ち回りを演じたシンディさんが、リディヤの生み出した数えきれない炎弾に追われ、庭を全力で駆けている。

蒼褪《あおざ》めたニコロ君が僕へ介入を促す。

「ア、アレンさん……」

「そうですね。ニコロ君、アトラをお願いします」「♪」

膝上にいた幼女へ浮遊魔法を発動。

アトラを少年へと託して、僕は魔杖《まじょう》『銀華《ぎんか》』を手に取り席を立った。

石突で地面をそっと触れると――

「ちっ！　ちょっとぉ？」

「文句は助けを頼んだ、シンディさんに言っておくれ」

リディヤを囲むように、バチバチ、と音を立てながら雷の魔法生物が出現した。

雷の獅子《しし》達は一斉に公女殿下へ襲い掛かり、シンディさんも双短剣を構え直す。

「アレン様！　信じていましたっ～！　今度、大人のお姉さんとして」

「あ、結構です。命が惜しいので」

「いけず～☆」

ころころと笑いながら、メイドさんは屋敷を囲む石壁を蹴り、リディヤへ向けて最接近。雷の獅子達と共に、『剣姫《けんき》』と切り結ぶ。サキさんも凄《すご》いけど、シンディさんも凄い！

感嘆していると、少年に抱きかかえられていたアトラが僕の左袖を引っ張った。

「アレン、アレン☆」

瞳を輝かせ、リディヤに対し徹底的な一撃離脱と時間差攻撃を繰り出している獅子《しし》を指差す。興味津々《きょうみしんしん》のようだ。

雷属性だと危ないし……僕は、王立学校同期生である王女殿下の使い魔を思い出しながら、真っ白な狼《おおかみ》を顕現。

地面に降ろしてもらったアトラはすぐさま白狼《はくろう》に突進。お腹《なか》に小さな顔を埋《うず》める。

「もふ～♪」

うん、可愛《かわい》い。とても可愛い。誰が何と言おうが、可愛い。トゥーナさんも表情を綻ばせ、後ろで見守ってくれているメイドさん達もまた激しく動揺。

「ごふっ……」「なんと御可愛らしい……」「疲れが吹き飛んでいく～」「アトラ御嬢様、どうかこっちを向いてください！」「後で警戒班の子達にも見せてあげないと！」

メイドさん達の可愛いものへの一体感は、某メイド長さんの薫陶《くんとう》なんだろうか？

そんな中で一人、ニコロは遠くを見つめ「……制御困難な光属性魔法生物を、他属性の複数の魔法生物を生み出しながら、いとも容易《たやす》く……」と、何やら呟《つぶや》いている。悩み多き年頃なのだろう。

僕が椅子に腰かけようとしていると、リディヤと距離を取りつつ、シンディさんが振り向いた。心なしか、雷獅子達も怯《おび》えているようだ。

「アレン様～！　アレン様～‼」

「はい。何ですか？」

「……えっと、ですねぇ。こ、この魔法は防げない、と言いますか……」

凛《りん》としたリディヤの頭上で、純白の翼をはためかせ、炎の大鳥が舞っている。

リンスターの切り札――炎属性極致魔法『火焔鳥《かえんちょう》』。

対アリシア用に僕が改良した、威力向上型だ。

本来であれば、幾度か試し打ちをしなければ安定する筈《はず》はない。僕と極浅く魔力を繋《つな》ぐことで、魔法制御を向上させていたとしても不可能。

だが……困ったことに僕の相方は正真正銘の天才なのだ。朗らかに答える。

「大丈夫です。シンディさんならやれます！　きっと、多分、おそらくは」

「……他の御嬢様方へ、アレン様とリディヤ御嬢様がどのように水都で過ごされたか、お報《しら》せしてもよろしいと？」

　脳裏に、今頃は南都にいるだろう教え子達と妹の姿が浮かび上がる。

　僕は嘆息し、雷の獅子達を消した。

　すると、乳白髪のメイドさんは恭《うやうや》しく敬礼しながら後退し、幼女に抱き着く。

「アトラ御嬢様～♪」「！　♪」

　戯《たわむ》れるメイドさんをジト目で見た後、僕は短い紅髪の少女に向き直った。

　左手を振って『火焔鳥』を消しながら、窘《たしな》める。

「リディヤ、その辺にしておこう」

「あら？　選手交代じゃないの？」

　瞳は爛々《らんらん》。獲物を目の前にした肉食獣の如《ごと》し。

　……いけない。続ける気だ。

　王立学校入学試験以来の付き合いの相方に、肩を竦《すく》める。

「御冗談を。リディヤ・リンスター公女殿下。そろそろ御客様《おきゃくさま》も来られます」

「――バカね」「っと！」

　瞬時に間合いを詰め放たれた魔剣の斬撃を、魔杖で受け止める。

　純白の炎羽《えんば》を撒《ま》き散らしながら、リディヤは楽しそうに、僕を詰《なじ》ってきた。

「今の私は『リディヤ・アルヴァーン』だって、何度言えば分かるのかしら？　一昨日は、私を置いていったし……折檻《せっかん》が必要なようねっ！」

上段斬り。横薙《な》ぎ。そこからの変化突き。

リンスターの基本剣技を、これでもかっ！　と繰り出してくる。

僕はそれらを魔杖で受け流しながら指摘。

「……斬撃を繰り出しながら言う台詞《せりふ》じゃないと思う。ほら、僕って一介の家庭教師だし、天下の『剣姫』様相手に剣技の訓練なんて」

『それはないですっ！』

ニコロとトゥーナさん、シンディさんとメイドさん達が唱和した。

僕は何とも言えない気持ちになりつつ、魔剣を氷の蔦《つた》で拘束。

予期していたリディヤは超反応を見せ、氷を瞬時に炎で粉砕し、跳躍しながら僕の後方へ降り立ち、容赦ない回転斬り！　これは躱《かわ》せない。咄嗟《とっさ》に魔法を発動。

──斬撃は簡易『蒼楯《そうじゅん》』とぶつかり、辛うじて停止した。

僕は渋い顔を上機嫌な公女殿下へ向ける。

「……リディヤ。今のは、ちょっと」

「フフフ……わざとよ、わ・ざ、と」

見事な動作で魔剣を鞘《さや》へと納めた、紅髪《あかがみ》の少女は僕へ近づき頰《ほ》っぺたを突《つつ》いてくる。

余程、僕に自分の魔力を使わせたことが嬉《うれ》しいらしい。

「ほ～ら。情けない顔をするんじゃないわよ」

「……普段通りだって」

「嘘《うそ》ね。あんたの顔、どれだけ見て来たと思っているの？　――フフ。私の勝ち♪」

「ぐぅ……」

どうしてか、リディヤは自分の魔力を僕に使わせたがる。

次の炎曜日が誕生日の少女に、懸念《けねん》事項を確認しておく。

「……体調は戻ったみたいだね？」

「ええ。問題ないわ。――だから」

「おっと」

『きゃ～！！！！』「わわわ……」「ニコロ坊ちゃま、見てはいけません」

リディヤは僕にもたれかかるよう、距離を更に詰めて来た。抱きしめられてはいないものの、甘い花の香りが鼻孔をくすぐる。直後、メイドさん達の爆発的な歓声と、ニコロとトゥーナさんの微笑《ほほえ》ましいやり取りが耳朶《じだ》を打った。

そんな状況でも構わず、紅髪の少女が至近距離から、僕に小声で甘えてくる。

「──……もっと深く魔力を繋いでも問題ないわ。ね？　だから」

「駄目です」

「……ケチ」

唇を尖《とが》らせ、リディヤは踵《きびす》を返《かえ》した。メイドさん達が即座に整列する。

「紅茶をちょうだい。あと──シンディ。貴女《あなた》、疲労が抜けきってないわ。聖霊教が何かしらの動きを見せる明後日《あさって》、闇曜日までは休んでいなさい」

「！　リ、リディヤ御嬢様《おじょうさま》、わ、私、疲れてなんか」

「駄目よ」

はしゃいでいたシンディさんが字義通り飛び上がり抗弁しようとするも、リディヤはあっさりと切って捨てた。そして、僕をギロリ。

「疲労を残していると、相手に思わぬ不覚を取りかねない。そして、リンスターは仕えてくれている者達をそんな馬鹿げた理由で喪《うしな》うのを決して許容しないわ。貴女が今為《な》すべきは自分を回復させること。そして──二度と『自己犠牲』なんてことを考えたのを真摯に反省することよ。ねぇ、私は間違っているかしら？」

「「うっ！」」

身に覚えがあり過ぎる僕とシンディさんは、胸を押さえ視線を泳がせる。

屋敷《やしき》の方から、丁寧な足音が聞こえて来た——サキさんだ。

通信宝珠で内容を聞いていたらしく、綺麗《きれい》な動作で深々と頭を下げる。

「リディヤ御嬢様。仰《おっしゃ》る通りでございます。妹には私の方からもきつく」

「え～！　サキちゃん、ずっる～いっ‼　自分だって同じ立場だったら、絶対同じことするくせにぃぃ‼　あと、私がお姉ちゃん——」

シンディさんがサキさんへ詰め寄り、アトラも真似《まね》っ子で抱き着く。

「それはそれです。ただし——私が姉で、貴女が妹です。これは確定だと認識しています。……何か言い訳が？　書庫で『勝手に』殿《しんがり》をした第六席のシンディさん？」

「ぐぅっ！」

よろよろ、とシンディさんは後退。

みんなから離れ、地面にしゃがみ込み、指で文字を書き始めた。

「……ふんだっ。みんなして、酷《ひど》いです～……どうせ、どうせ、私は短絡的で、す～ぐ、暴走して、先走るダメダメなメイドさんですよ～だ……」

本気でいじけてしまったようだが、サキさんとメイドさん達は気にも留めず、紅茶の準備をすべく屋敷へ戻って行く。僕はリディヤをちらり。

「何時《いつ》ものことよ」

「……なるほど」

それにしても、こういう拗《す》ね方、何処《どこ》かで……。

ふと、視線を落とすと、右手の腕輪が目に入った。東都で、リンスター公爵家メイド隊第三席のリリーさんに渡された物だ。シンディさんとも仲が良《い》いんだろうな。

そんな風に思っていると、アトラが拗ねている乳白髪のメイドさんに抱き着いた。

「シンディ、ぎゅー♪」

「嗚呼《ああ》……私の味方はアトラ御嬢様だけです～！」

幼女を抱きしめ、シンディさんは立ち上がると、その場でグルグルと回転した。

次いで、愛おしそうに優しく撫《な》で地面へ降ろすと、「では、私も準備をしてきます～♪」と敬礼。屋敷の中へ跳ねるように駆けて行く。一人だけ待っていたらしい、サキさんと楽しそうに話す声が聞こえた。

やや遅れて、淡い青髪の少年も席を立つ。

「ア、アレンさん、僕達も戻ります」「失礼致します」

「ええ――ああ、そうだ。ニコロ君」

「？」

ニコロ・ニッティが小首を傾《かし》げた。僕はあっさりと提案。

「今後は『ニコロ』と呼んでも？」

「！　ぜ、是非っ‼」

少年は頬を染め、何度も何度も頷《うなず》く。

「では――ニコロ。引き続き、メモの解読をお願いします。君だけが頼りです。お客さんが来たら呼びますね」

「はいっ！　行こうっ‼　トゥーナ‼」「ニ、ニコロ坊ちゃま、お待ちください」

少年は美少女の手を握り、内庭を出て行った。義父が裏切り者になっても、娘への態度を変えない、か……。あの子は大人物になるかもしれない。

この場に僕達しかいなくなると、リディヤが鼻先に細い指を突き付けてくる。

「……言っておくけれど、あんたもだから。過度な自己犠牲は禁止よ、き・ん・し！」

「分かってるよ」

「分かってない。……もうっ」

頬を少しだけ膨らませ、紅髪の少女は腕組み。

この子の精神も、オルグレンの動乱以来の衝撃からようやく回復してきたようだ。

曲がっていた髪飾りの位置を直して、紅髪を梳《す》き、聞く。

「『火焔鳥《かえんちょう》』、どうだい？」

「悪くないわ。もっと試射したいところだけど――バレるわね」

「バレるね」

サキさんとメイドさん達が屋敷の周囲に張り巡らせている隠蔽結界は、見事なものだけれど、極致魔法を完全発動させてしまえば――魔力は漏れる。

聖霊教に奇襲を喰《く》らって消耗するのは避けたい。

――僕とリディヤが次の戦場で相対するのは、堕《お》ちた英雄『三日月』なのだから。

屋根の下へ戻り、椅子に腰かける。白狼《はくろう》が吠《ほ》え、虚空《こくう》へと消えた。

左隣に座った少女へ見解を告げる。

「理論上、前回よりも効くとは思う」

「でも、決定打にはならない。極致魔法ですら、あの怪物想定だとそうなってしまう」

「うん。だから、もう少し何とかしよう。例えば――」

僕は空間に組んでおいた魔力制御の式と戦術案を投影した。

リディヤが素早く、目を走らせ頷く。

そして、細い指で投影を消しながら、ほんの少しだけ不安を表に出した。

「悪くないわ。現時点の最高火力だとも思う。でも、私に」

「出来るさ。リディヤ・リンスターなら出来る。絶対にね」

僕は力強く断言した。

肩に重さ。小さな小さな甘え混じりの言葉。

「──……バカ」

柔らかい風が通り抜け、僕とリディヤの髪を揺らした。

心穏やかな時間を過ごしていると、小鳥と戯《たわむ》れていた幼女が僕の名を呼んだ。

「アレン♪」

「？　アトラ？」「どうかしたの？」

僕達が顔を向けると、幼女は獣耳と尻尾を大きくしながら、小さな拳を握り締めた。

「アトラも！」

僕を『助ける！』と言いたいらしい。胸の中が温かくなる。

リディヤがアトラを抱きかかえ、膝に座らせているのを眺めていると、魔法生物の小鳥が肩に降り立った。待ち望んでいた客人のようだ。

僕はリディヤと頷き合う。時間は限られていても、少しでも情報が必要だ。

──水都の古い言い伝え、何かの取っ掛かりになればいいのだけれど。

*

「こんなとこですまねぇなぁ。もっと良い隠れ家がありゃ良かったんだが……」

「ゴンドラ乗りのみんなとも、探してみたんですけど……」

甚平《じんべい》姿で煙管《きせる》を手に持った老獺《かわうそ》と、淡い青の浴衣《ゆかた》を着た獺族の少女は申し訳なさそうに、項垂《うなだ》れた。この人達こそ、僕が待っていた客人——水都獣人族の纏《まと》め役であるジグさんと、そのお孫さんでゴンドラ乗りのスズさんだ。

僕は頭を振った。リディヤは膝上で寝てしまったアトラの頭を優しく撫でている。

「いえ。最適だと思います。此処《ここ》なら、水都のどんな主要施設だって近い。庭もとても素敵です。流石《さすが》は水都を隅々まで知り抜いている獺族の長《おさ》とゴンドラ乗りさん、ですね」

ジグさんとスズさんは目を瞬《まばた》かせ、破顔。

「そうかい？　……へへ、お前さん、東都でもそんな感じなんだろう？　ダグ達に可愛《かわい》がられるわけだぜ。庭はな。時々だが、水都のお偉いさんにも開放してんだ。副統領とカーニエン侯爵夫人が特に気に入ってやがったな。昔からの決まりで、ここの庭だけは持ち主が代わっても俺達がずっと世話してる。俺の曽爺《ひいじい》さんの話じゃ『贖罪《しょくざい》』だとか、言ってたが……詳しくはもう誰も知らねぇ」

「ありがとうございます、アレンさん」

「……迷惑をかけているのは僕達ですよ？」

僕は苦笑し、二人へスズさんが持って来てくれたお茶を淹《い》れる。……副統領とカーニエン侯爵夫人も来たことがあるのか。奇妙な組み合わせだな。あと、『贖罪』か。

東都を思い出す爽やかな香りを吸い込み、本題をジグさんへ質問。

「お呼び立てしたのは他でもありません。水都の伝説についてなんです。ニコロ」

「は、はいっ！」

淡い青髪の少年が勢いよく立ち上がった。椅子が音を立て、アトラが少しむずかるも、リディヤの手に安心したのだろう、すぐ規則正しい寝息に戻った。

トゥーナさんがいない為《ため》か、普段よりも緊張しているニコロがジグさんに名乗る。

「ニッティ家次男、ニコロです。水都の古い伝承について、幾つか質問させて下さい！」

「……ほぉ、副統領のか。ニケ坊主《ぼうず》は元気かい？」

「！　あ、兄上を知っているのですか？」

老獺はダグさんにそっくりな顔を綻ばせ、煙管を咥《くわ》えた。

火を点《つ》けようとし――アトラを見て、止《や》める。

「あったぼうよ。あの坊主、今でこそ『切れ者』然としていやがるらしいが、昔はとんでもない悪餓鬼でなぁ……しょっちゅう、『猫の小路《こみち》』に来ては、うちの餓鬼共に交じってゴンドラを漕《こ》いでいやがったもんだ。懐《なつ》かしいぜ」

「!?」

本気で驚き、ニコロは言葉を喪《うしな》った。

……ニケが、獣人族と一緒にゴンドラ、か。

微笑《ほほえ》ましく思っていると、ジグさんが煙管を懐《ふところ》に仕舞った。

「で？　水都の伝承だったか？　何が聞きたいんだ？　ああ、遠慮はいらねぇよ。俺達だって、何も知らねぇ馬鹿じゃねぇ。今、この都で幾度かあった政変とは違う……けったいな、けれどとんでもない変事が起きそうなのは分かっている。それを防ぐ為には、だ」

老獺の瞳には深い憂慮。スズさんも不安そうな表情を浮かべている。

「アレンと嫁さんに勝ってもらうしかねぇ。水都は俺達の御先祖様が土台を作った。そいつを荒らされるのはどうにも我慢がならねぇ。手は貸してやるから、絶対に勝てっ！」

「最善を尽くします」「当たり前よ。…………えへ」

僕は真摯に返答し、リディヤもその後に続いたものの――若干猫が剝げかけ、純白の炎《えん》羽《ば》が舞いそうになったので、左手を握って消しておく。

祖父の話を聞いていたスズさんが、ポツリ。

「……お爺《じい》ちゃん、この前は『アレンは家族だ！　獣人は家族を見捨てねぇ!!』としか言ってなかったのに……」

するとジグさんは真っ白な尻尾で椅子の脚を叩《たた》いた。

「う、うるせぇ！　大事な話をしてんだっ!!　あっちへ行っていやがれっ!!!」

「は～い。アレンさん、リディヤさん、私、メイドさん達のお手伝いをしていますね」

獺族の少女は祖父を軽くあしらうと席を立ち、屋敷《やしき》の中へと入っていった。

気を遣ってくれたのだろう。あの子はきっと良いゴンドラ乗りになる。

僕はニコロ君へ座るよう目で合図しながら、本題を口にした。

「現状、水都の政情は、リンスターとの講和派と交戦継続派とで二分されています。つい先日まで勢力は拮抗《きっこう》していましたが――」

「南部の講和派侯爵達が襲撃されたらしいな。で――『七塔要塞《しちとうようさい》』を陥とされたアトラス侯国は連合を離脱。リンスターとの単独講和に踏み切った」

「！　……よくご存じで」「……へぇ」「え!?」

最新情勢は、未《ま》だ水都内でも一切報道されていない。

ジグさんが白髪交じりの髭《ひげ》を手でしごき、不敵に笑った。

「俺達は商売で飯を食っているんだぜ？　水都の話なら大概は手に入らーな。――アトラスの離脱は仕方ねぇと思う。今の侯爵は馬鹿だが、弟のロブソンは出来た人だった。惜しい人を亡《な》くしたもんだ。世が世なら、何《いず》れは統領だって務まる才人だったが……」

つまり、聖霊教はそれ程の人物だったからこそ、殺したのか？

リディヤが僕へ目で合図。『疑問は後』。……了解。

意識を戻し、話を続ける。

「襲撃された南部四侯の生死は不明です。これで、一気に交戦継続派は勢いづくでしょうが、事態は最早《もはや》そういう段階じゃありません。暗躍しているのは聖霊教の使徒と異端審問官です」

「せ、聖霊教は水都で何かをしようと企《たくら》んでいます。詳細は分からないんですが……狙っているのは、僕自身と……これです」

淡い青髪の少年は自分を指差し、メモ紙を差し出した。

――旧聖堂の『礎石』。

ジグさんが困惑した顔になり、次いで唇を歪《ゆが》め、言《い》い淀《よど》んだ。

「アレン達じゃなく、お前さんが狙い……？　そして……こいつは……」

強い反応を見て、確信。

この人は僕達が知らないことを知っている。

「何でも構いません。引っかかったことがあれば教えてくれませんか？　また、『侯王』についても、知っていることがあれば……」

「――……ふぅ。やっぱり、お前さん達、ただ者じゃないわな」

老獺は高い空を見上げ、深い息を吐く。

そして、静かに語り始めた。

＊

何処《どこ》から話せばいいか……。

水都が一度、都市の半分を放棄したのは知ってるな？

――そうだ、旧市街の話だ。

それじゃ、あそこに昔々何があったかは――そうか。ニッティの出でも知らんか。

いや、無理もねぇ。もう数百年前の話だし、水都の民にとっちゃあ、恥だからな。

――アレンよ。

ダグ達が褒め、『流星』の称号継承を『彗星《すいせい》』に認められたお前さんなら、違和感を持っているんじゃねぇか？　『七竜《しちりゅう》の広場《ひろば》』の土台は見たんだろう？

……そうだ。

あれは大樹の枝を使ってる。なら、こういう疑問が湧かなかったか？

『大樹の枝は何処から持って来たんだ？』

王都もしくは東都からか？

いやいや、中央島と北島全ての土台を組む程の量、持ち込めやしねぇ。大樹の枝は恐ろしく高価な貴重品だからな。

――そうだ。

あったんだよ、かつては水都にも大樹が。今の旧市街に。

だが……俺達の先祖は結果としてそいつを喪い、旧市街も放棄されたってわけだ。

水都はな、本来新旧合わせた巨大な一つの都市だったんだよ。

最後の侯王が廃されたのもその時だって、話だ。

――そいつが何をしたのか？

分からねぇ。いや、本当に分からねぇんだ。ただ、推測は出来るだろ？

最後の侯王は大樹の件に深く関与した。旧聖堂の『礎石《そせき》』も同じく、だ。

その結果、侯国連合は大改革を余儀なくされた、ってところじゃねぇか。

ん？……懐かしい祈りを知っていやがるな。

確かに一昔前はそう言っていた。

最後の侯王は多分悪い奴じゃなかった。いや、むしろ……良《い》い奴で優秀だったんだろうな。そういう祈りが残るくらいには。

——旧市街を喪った後、俺達の先祖達は悔いたそうだぜ。

何と、愚かだったのか、ってな。

だが……だがな？　問題はそこで終わらなかった。

むしろ、始まりだったんだ。

＊

一気にそこまで話すと、ジグさんはお茶を一口飲んだ。

そして、煙管《きせる》を再び取り出し口に咥えると、僕と視線を合わせた。

「東都で育ったお前さんなら分かるかもしれねぇが……大樹ってのは、どっかで人知を超えていやがる。ありゃあ、到底人の手に負える存在じゃねぇんだ」

「理解出来ます」

僕は東都で、アトラと母さんの歌に応え『篝狐《こうこ》』『銀華《ぎんか》』の魔力を一瞬で回復させた大樹の奇跡を思い出す。

ジグさんが顔を伏せ、声も低くなる。

「……大樹が喪われた後、放棄された市街はとんでもない早さで植物に覆われた。それだけじゃなく、新市街すらも呑《の》み込まれそうになった」

「植物に？　じゃあ、今の旧市街もその影響下に……？　なら、うちの家が旧市街の書庫を維持し続けたのにも、何か意味が――」

ジグさんの言葉を受け、ニコロが自分の世界へ入り込み、考え始める。目の焦点は虚空《こくう》を彷徨《さまよ》っており、青の魔力が漏れ出た。

少年の魔力を抑えながら、老獺《かわうそ》を目で促す。

「先祖達は焦《あせ》った。あらゆる手を講じたが、植物の侵食を喰《く》い止めることすら出来ず、遂《つい》に水都全体の放棄も考えられた。当時の長《おさ》達は話し合いに話し合いを重ね――」

老獺の表情に強い苦衷が表れる。

「……最終的に、先祖達は過ちを犯しちまったらしい」

「過ち？」「具体的には？」

僕とリディヤは同時に問う。

点と点が繋《つな》がり、少しずつ、少しずつ『線』になっていく感覚。

――聖霊教を操っている『聖女』は喪われた歴史を知っている？

ジグさんが瞑目《めいもく》した。

「知らんっ。何せ数百年前の話だ。……とんでもねぇことをしたのは事実だ。文字にも残せねぇ程の、な。余程の恥だったんだろうぜ」

思考に没頭していたニコロが顔を上げた。瞳には深い知性。

「ですが、その結果として――大樹の残滓《ざんし》の侵食は停《と》まり、水都は保たれた」

「そして、今でも侵食を止めた存在が、旧聖堂の地下には存在し、それが――『礎石』。ニコロが狙われているのは、『侯王の血』が必要だからでしょう。どうして、ニケじゃなく、君なのかは分かりませんが」

「……………はい」

少年は身体《からだ》を震わせ、項垂《うなだ》れた。

最悪の場合、この子は先に水都を脱出させた方が良いかもしれない。

情報量、知識量で大差を付けられている以上……やはり、僕達が勝利を得るのは。

テーブルの下でリディヤに左手を握り締められた。重く淀んでいた心が落ち着いていく。

僕も修行が足りないな。

ジグさんがお茶を飲み干す。

「先祖達は過ちを犯し『礎石』を安置した後——当時は今よりも遥《はる》かに近しい存在だった水竜と花竜にも懇願し、旧聖堂地下へ結界を張ってもらうことで、万全を期した。大陸動乱前には、当時存在したとんでもない魔法士にも頼み込んだって話だ」

僕は右手薬指の指輪に目を落とした。宝石が自慢気に明滅。

水竜の遺骸を安置したという【双天《そうてん》】の伝説——真実なのかっ！

ニコロは話の壮大さに絶句し、頭を抱え「……兄上ぇ……」とニケを呼んでいる。

かつて僕とリディヤが戦った黒竜は、自ら『千年以上の時を生きた』と言っていた。

人類が知る『竜』は、炎竜・水竜・土竜・風竜・雷竜・花竜・黒竜の七頭。

旧八属性基準ならば、八頭いなければ理屈に合わないし、花竜と黒竜が代替わりした、という伝承も知らないけれど……一部の竜は世代交代をしているのだろうか。

ジグさんが、憂いを顔に出しながら立ち上がった。

「俺が知っているのは精々これくらいだ。もっと知りたいなら……かつての、侯王家の血統であり、現ニッティ家の当主である副統領なら、もっと詳しい口伝を知っている可能性はある。だが——期待はするな。歴史の長さに比べて、人の寿命は短過ぎる。エルフやドワーフ、巨人、半妖精の連中だって不死じゃねぇ。もし、全てを知っているのなら……そいつはもう人であることを止めているだろうぜ」

*

ジグさん達を見送った後、僕は隠れ家内の調理場を訪れていた。

昨晩の内に、サキさんの指揮で清掃は終わっており、埃《ほこり》一つない。

スズさんの持って来てくれた食材を確認していると、リディヤと三角巾を被《かぶ》ったアトラがやって来た。二人共、大樹が描かれている真新しいエプロンを身に着けている。

あの気が利《き》く新米ゴンドラ乗りさんが持って来てくれたようだ。

「アレン♪」

幼女は嬉《うれ》しそうに僕の傍《そば》へやって来ると、その場で一回転。

エプロンを見せて、にぱっと満面の笑み。とてもとても可愛《かわい》い。

紅髪《あかがみ》の公女殿下も近づいて来て、悪い笑み。

持っているエプロンを広げ、僕の首元に手を回してくる。

「はい、これ。あんたの分よ」

「……そういう行為はアトラの教育に悪いと思う」

「はぁ⁉　ここは喜ぶところでしょう？」

「時を戻せるなら、王立学校時代へ行って、シェリルと一緒に君を再教育するんだけどね。

ありがとう。棚のボウルを出してくれるかい？」

僕は苦笑しながらお礼を言い、リディヤに頼んだ。

紅髪の少女は頰を膨らまし、

「……腹黒王女の名前を出すんじゃないわよ」

ぶつぶつ、と文句を言いつつ、テーブルへ木製のボウルを置いた。

僕はその横に、薄力粉、卵、バター、砂糖を並べていく。

アトラが椅子によじ登り、尻尾と身体を揺らしている。危ないので補助の風魔法をかけつつ、紅髪の少女をからかう。

「君は今でも王女殿下付き護衛官だしね。忘れないようにしておかないと。あと、お菓子は僕が作るから、見てていいよ。ニッティの書庫で約束したろ？」

「……意地悪」

リディヤは唇を尖《とが》らせ、僕へ上目遣い。

瞳には甘えが滲《にじ》み、左手でネックレスと髪飾りを弄《いじ》っている。

──決戦は明後日《あさって》の闇曜日。

今日くらいしかお菓子を作る時間がないのだ。

作るのは、母さん直伝お手軽クッキー。

スズさんが上質な材料を集めてくれたみたいなので、楽しみだ。

材料を秤《はかり》で量っていると、意を決した様子のメイドさん達が調理場の入り口から顔を覗《のぞ》かせた。

「ア、アレン様……」「お菓子でしたら」「私達がお作りしますので！」「お休みください！」「一昨日も、昨晩も結局、夜中まで起きておいででしたよね？」「お任せを‼」

僕は卵を一つ取り、指でなぞった。

極微細な風魔法が発動し、卵が割れる。アトラの瞳がキラキラ輝く。

両手で殻を持ち、黄身と白身を分けながら、メイドさん達へ会釈《えしゃく》。

「皆さんのお気持ちは大変嬉しいです。でも、良い気晴らしになるんですよ。あと──」

黄身を小さなボウルへ分け、二個目を手に取りながら説明する。

「手作りお菓子を所望する、我が儘《まま》公女殿下の御機嫌を取らないといけないので」

『？　ああ～！』

メイドさん達は一斉に小首を傾《かし》げた後、得心した様子で手を叩《たた》いた。

それまで腕を組み静観していたリディヤがギロリ。

「……あんた達？」

『！　し、失礼しましたっ！』

紅髪の一部を浮かび上がらせた公女殿下の威圧に負け、メイドさん達が退いて行く。

ただし、リディヤの頬は薄《う》っすらと赤くなっている。

準備を整え、大きなボウルへ無塩バターと砂糖を入れ、木べらで丁寧に掻《か》き混《ま》ぜていく。

すると、アトラが尻尾を大きく揺らし、僕へ聞いてきた。

「アレン、甘いの？」

せっせと混ぜ、さっき分けておいた卵の黄身を投入。

幼女の宝石のような瞳を覗き込み、大きく頷《うなず》く。

「そうだよ。アトラが掻き混ぜてくれたらもっと美味《おい》しく出来ると思うなぁ」

「！　まぜる～☆」

幼女は椅子の上でぴょんぴょん跳びはね、やる気十分。

――横からリディヤが小さめの木べらを差し出した。

「☆　♪」

受け取ったアトラは嬉しさのあまり、歌い始めた。

僕は微笑《ほほえ》ましく思いながら、自身も木べらを持ち隣へやって来た少女の横顔を見た。

「？　リディヤ？」

「私も、混ぜるわ」

とてもぶっきらぼうな言い草。

でも――長い付き合いだから分かる。

こう見えて、リディヤ・リンスター公女殿下は寂しがり屋なのだ。

胸の中に温かさを覚え、顔が綻んでしまう。

ボウルの中身を慣れた手つきで手早く掻き混ぜながら、リディヤがジト目。

「……何よぉ」

「何でもないよ。さ、アトラも手伝っておくれ。三人でやれば、すぐだからね」

そうして、三人でクッキーの種を作ること暫《しば》し。

材料は全て入れ終わり、クッキーの種も黄色になった。

アトラが中身を覗き込み、次いで僕へ質問。

「出来た〜？」

「まだだよ。これに紙を被せてっと――」

僕はボウルに薄紙を張り、木箱へ入れて微小な氷魔法を発動させた。

氷冷庫がないので、その代用だ。

リディヤに返してもらった懐中時計を取り出して、時間を確認し――三角巾の上から幼女の頭をぽん。

「少しだけお休みさせよう。後は型抜きして焼いたら、出来上がりだよ」

「？　かたぬき？？」

「うん。その準備も――」

すると、調理場の入り口からサキさんとシンディさんが顔を覗かせた。その後方には、先程リディヤに追い払われたメイドさん達もいる。廊下で待機してくれていたらしい。

「アレン様」「後は私達にお任せくださ〜い♪」『準備万端ですっ！』

サキさん達だけでなく、メイドさん達までもが木製の型抜きを取り出した。

「！　♪」

アトラが興奮した様子で、椅子から降り入り口へ。

——サキさんとシンディさんがほんの微《かす》かに僕とリディヤを見た。

会釈し、エプロンを外して、メイドさん達へ後を託す。

「では、よろしくお願いします」

『はい♪』

長い廊下に出て、リディヤと二人、無言のまま歩き——自室へ。

中にあるのは古めかしいベッドとソファー。小さなテーブルと数脚の椅子。壁の魔力灯も年代物だ。

ジグさんの話だと、今から数十年も前、何処《どこ》からか流れてきた旅人がこの半ば水没している屋敷《やしき》を買い、各部屋を自分好みに改装——水都を離れる際、世話になった獣人族へ寄贈したそうだ。

ソファーに座り込むと、リディヤが冷水を注いだグラスを手渡してきた。

「ん」

「ありがとう」

半分程飲み干し、メモ書きが散らばっている丸テーブルへグラスを置き、僕は背もたれに身体を預けた。

——左肩に少女の温かさ。静かに問う。

「……リディヤ、さっきのジグさんの話、どう思う？」

「概略は合っていると思うわ。『何かしらが旧聖堂地下に封じられている』と想定しておく方が無難ね」

『剣姫《けんき》』としての口調。そこに油断は微塵《みじん》もない。

天井を眺めると、花模様が幾何学的に張り詰められていた。ぽつり、と呟《つぶや》く。

「……僕は当初、『礎石《そせき》』はてっきり水竜の遺骸だと思っていたんだ。長い歴史を経る中で、伝承がねじ曲がったんじゃないかって。でも」

「違うようね」

リディヤがグラスを置き、立ち上がった。

前へと進み、背を見せながら言葉を紡《つむ》ぐ。

「【双天《そうてん》】が遺骸を安置したのは大陸動乱時代。けど、旧聖堂が築かれたのはずっと前。そして、何かが封じられ——旧聖堂と呼ばれるようになった。ニッティの書庫で出て来たメモも、そうなら辻褄《つじつま》が合うわ」

「……と、なると、厄介だね」

ニッティの書庫で発見したメモは、僕の家庭教師の教え子であり、ウェインライト王国北方を統《す》べるハワード公爵家の姉妹——ステラとティナの母親、ローザ・ハワード様の物である可能性が高い。

そこには【花天《かてん》】と『黒花《こっか》』なる人物や『竜』、旧聖堂の奥に眠る存在が書かれていた。

果たして、僕達だけで対応出来るだろうか？

押し黙っていると、紅髪の少女に額を軽く指で叩かれた。

驚き、顔を上げるとそこには不敵な笑み。

「！　リディヤ……？」「バカね、何度も言っているでしょう？」

まるで舞うように少女は回転しながら、僕から少し距離を取り、指を突き付けてきた。

絶対の自信と共に言い放つ。

「あんたの隣に私がいて、私の隣にあんたがいる。負けるわけがないでしょう？」

僕は目を瞬《まばた》かせ、肩を竦《すく》めた。

「……君にはほんと負けるよ」

「その返しも何度も聞いたわよ？　だから——今日は私が聞くわ。え、えっと、ね……」

リディヤは突然挙動不審になり、両手の指を弄り始め、俯《うつむ》いた。

開けている窓から気持ちの良《い》い風が吹き込み、僕達の髪を揺らす。

——それが止《や》むと、少女はゆっくりと顔を上げ僕を潤んだ瞳で見つめ、口を開いた。

「ねぇ——アレン。貴方《あなた》にとって、リディヤ・リンスターは、いったい何……？」

「世界で唯一の相方。ま、世界相手くらいまでなら付き合うよ」

間髪容《い》れずに返答する。そこに迷う要素はない。

リディヤだってそう思って——……あれ？

「えっと……リディヤ？」

「………………………あぅ」

紅髪《あかがみ》の公女殿下は大きな瞳を更に大きく見開き、顔や首筋だけじゃなく、頰を押さえている両手ですらも真っ赤に染め、完全に硬直していた。……予想外の反応だ。

動揺を覚えつつも立ち上がって、恐る恐る近づいてみると——いきなり胸に飛び込んで来て、胸を乱打してきた。

「ば、ばかぁっ‼　アレンのばかばかぁぁぁっ‼　そ、そういうことを、そんな風に言うなぁぁぁっ！！！　ふ、不意打ちは反則なんだからねぇぇ！！！！」

「痛っ！　た、叩くなよっ‼」

「…………う～」

少女の細く白い腕を握って攻撃を喰《く》い止めると、子供のようにむくれ、睨《にら》まれる。

――胸に重さと温かさ。小さな小さな告白。

「…………私だって、そうなんだから、ね？」

「――……はいはい」

「はい、は一回っ！　……もうっ」

上目遣いで頬を膨らまし、リディヤが頭を擦《こす》りつけてきた。

こういうところは、出会った時から変わらない。

椅子に腰かけ、乱れた我が儘公女殿下の髪を直し、御機嫌を取っていると荒々しく扉がノックされた。僕はブラシを仕舞い、返答する。

「どうぞ、開いています」

ほぼ同時に扉が開き、よれよれの礼服を着て、眼鏡をかけている薄青髪の男性――ニケ・ニッティが部屋の中へ入って来た。会うのはほぼ二日ぶりだが、疲労の色が濃く、連合の現副統領を務める水都の名家、その跡取りとは思えない。

ニケが鋭い眼光を僕に向け、唸《うな》る。

「……貴様等。またしても……寛《くつろ》いでいる場合だと思って……」

僕は軽く左手を上げ、挨拶。

「やぁ、ニケ。お疲れ様です」「また来たの？　空気が読めない侯子様ね」

「っ！　……誰が来たくて来ているものかっ‼」

ニケは床に足を叩《たた》きつけ、叫んだ。左手を握り締め、静音魔法を即時発動。

目線で荒ぶるニコロの兄を促すと、重々しい口調で語り始めた。

「……カーニエンを中心とする交戦継続派の警戒が厳しくなってきている。魔法生物による情報伝達は危険と判断した。特にホロントが厄介だ。秘密裡《り》に水都へ入れたとみられる兵の数。装備、士気から鑑《かんが》みれば、奴等の首魁《しゅかい》とすら思える」

カーライル・カーニエンとホッシ・ホロント。

リンスターとの講和に断固反対の立場を取っている、南部の侯爵達。

今までの情報だと、カーライルが講和潰しに奔走しているようだったけれど、決戦が近くなって、力関係が変化したのか？

若干の違和感を覚えながら、気になっていたことを尋ねる。

「『三日月』に襲撃された南部四侯——特にロンドイロ侯の安否は？」

隠れ家へ移動した際、ニケからは最新の戦況を報《しら》せてもらっていた。

講和を希求し、歴戦の猛者揃《もさぞろ》いと聞く侯爵達が難を逃れていてくれれば、盤面の様相は相当に変わる。

だが、ニケは沈痛な面持ちになり、力なく頭を振った。

「……不明だ。しかし、安易な生存を望む程、私は楽観主義者ではない。ロア・ロンドイロは意気消沈していた。今の段階で確実に言えるのは——たとえ、生きておられても、採決の行われる闇曜日までに、侯爵方が水都へ兵を向けること能《あた》わず。講和派は絶望的な劣勢に陥った、という事実だ」

「十三人委員会が未《ま》だ開催されると？　盤面に座っている主な敵手は、今や聖霊教の使徒達のみ。講和派と交戦継続派の争いは彼等《かれら》に利用された、と見るのが妥当です。残る北部の侯爵達や、南部の侯爵代理達も、自国を優先し水都を離れるのでは？」

「…………」

僕の冷たい指摘にニケは顔を大きく歪《ゆが》めた。図星のようだ。

北部のアトラス侯国は単独講和し、南部の四侯爵は生死不明。

カーライルとホロントは戦力を水都へ集結させ、他の侯爵と代理達は離れつつある。

この状況下において、侯国連合最高意思決定機関である十三人委員会は機能し得ない。

——政治の時期は過ぎ去ってしまったのだ。

眼鏡を外し、ニケが嘆息。

「貴様の言う通りだ。こと此処《ここ》に至っては、兵の数が物を言う。父上には動員を進言したのだが、答えは『否《いな》』だった。……あれ程、怒鳴られたのは久方ぶりだ。十三人委員会まで、面会すらも禁じられた。今は万が一を考え、パオロを父につけている」

パオロ・ソレビノ。僕達が水都に来た当初、泊まっていた超高級ホテル『水竜の館』の支配人であり、ニッティ家の元諜報《ちょうほう》官。トニの弟ではあるが、信頼出来る人物だ。

……それにしても、ニエト・ニッティ副統領はどうしてそこまで叱責を？　講和派と聞いているのだけれど。頭の片隅に疑問を残しつつ、ニケへ伝達する。

「先程、水都獣人族の纏《まと》め役であるジグさんから古い話を聞きました。他情報と合わせて鑑みるに、聖霊教の狙いは旧聖堂に眠る『礎石』と呼ばれる代物。ニコロ君を狙っているのは、水竜、花竜の結界を解く為《ため》か。はたまた他の目的かは、不明です」

ニケの眉がぴくり、と動いた。感情の乏しい声を放つ。

「……『礎石』とやらの正体は？」

「見当もつきません。君の弟さんにも手伝ってもらっていますが……何分、時間が足らない。ああ、そうだ。小さい頃は随分と『猫の小路《こみち》』でやんちゃをしていたようですね？」

重い空気を変える為、ジグさんに聞いた話を振る。

すると、ニケは目を見開き――腕組みをして顔を背け、叫んだ。

「知らんっ！　……俺ではないっ‼」

想像以上の反応。僕はリディヤと視線で会話する。

『……何かあるのかな？』『……あるわね』

事が収まったら、ジグさんに聞き出さなきゃいけないな。

ほくそ笑んでいると、ニケが射殺すような目。両手を軽く上げる。

「僕は講和条件に口を出せませんが」

「嘘《うそ》ね」「とっとと地獄へ落ちろ」

「……酷《ひど》いなぁ」

二人に抗議しつつ、僕は王立学校の元級友へ条件を提示。

「君とニコロ君に、南都へ来てもらうのはありかもしれませんね」

瞬間、ニケは心底嫌そうな顔になり、テーブルの上にメモを叩きつけた。

「……止めろ。お前の言葉は洒落《しゃれ》にならぬ。いい加減、悟れっ！」

そう言うと、侯子は僕達に背を向ける。

アトラの魔力が弾んでいるのがはっきりと分かる。型抜きが始まったようだ。

「もう戻るんですか？　少し待てば、クッキーが焼けますよ？」

返答はなく——扉の前でニケは立ち止まった。

振り向かないままの早口。

「ロア・ロンドイロからの情報だ。カーライルの細君は一年前より謎の病を得て、病床に臥《ふ》せっているらしい。貴様が先に書いてきた『カーライル・カーニエンの行動動機』——それに関係があるのかもしれん。……愚弟とトゥーナを頼む」

そう言うと、ニケは扉を開けたまま、部屋を出て行った。

……本当にどうしようもなく不器用な男だ。

リディヤが僕の左肩に頭を乗せ「どっかの意地悪な男の子が気に入るわけね」と、小さく零《こぼ》した。

静音魔法を解くと、廊下から駆ける音。

「し、失礼しますっ！　兄上が来られて——……あ、もう、お帰りですか……」

少しして、部屋にニコロが飛び込んで来た。余程急いだのだろう。額には大粒の汗。

すぐにトゥーナさんもやって来て、僕達へ頭を下げ、少年の汗を甲斐甲斐《かいがい》しくハンカチで拭い始めた。

そんな初々《ういうい》しい二人へ、リディヤがこれ見よがしに咳払《せきばら》い。

「——こほん」

「！」

ニッティ主従は恥ずかしそうに俯《うつむ》いた。

浮遊魔法でメモを動かし、少年の手元へ。

「ニコロ」

「！　は、はいっ‼」

名前を呼ぶと、少年は背筋を伸ばした。今にも敬礼しそうな勢いだ。

僕はくすり、とし、お願いを口にした。

「本当に申し訳ないんですが――ニケから新しい調べ事です。その症状に似た病気が、今まで読んできた文献になかったか、思い出してみてください。ただし、無理無茶はしないように。トゥーナさん、よろしくお願いします」

「ア、アレンさん⁉」「はい。お任せ下さい。医療の知識も学んでおります」

兄の調べ事にやる気を張《みなぎ》らせていた弟君が僕の言葉を聞いて驚き、エルフの血を引く少女は、美しく微笑《ほほえ》んだ。

僕は頷《うなず》き、隣でお澄まし顔をしている公女殿下へ提案した。

「リディヤ、折角だし、僕達もクッキーの型抜きに加わろうか？」

＊

その日の晩。

僕は小さな魔力灯の下で独り、対アリシア用の新魔法を練っていた。

吸血鬼の天敵は『勇者』と『魔王』。

両者の魔法の断片は見ているし、シンディさんにも魔法式を見せてもらった。

……でも、必要魔力が膨大過ぎる。僕だけじゃ展開すら不可能だ。

窓の外の夜空には欠けつつある月と巨大な彗星《すいせい》。聞こえるのは水の流れる音だけ。

とても、大きな戦いが迫っているとは思えない。ああ、リディヤの誕生日の贈り物、いい加減決めておかないと。

離れたベッドには、リディヤとアトラがすやすやと寝ている。抜け出すのは中々大変だった。そろそろ僕も寝ないと。疲労で不覚を取るなんて洒落にもならない。

灯《あか》りを小さくして浮かべ、ベッドへ。

「――♪」

昼間のクッキー作りの夢を見ているのか、アトラがブランケットから手を伸ばし、楽しそうに動かしている。

脇の椅子に腰かけ、幼女の頭を優しく撫《な》でていると、リディヤの寝顔も目に入った。

――……綺麗《きれい》だな。

素直にそう思っていると。紅髪《あかがみ》の少女は薄《う》っすらと目を開けた。

「あ、ごめん。起こしちゃった？」

「寝顔……覗《のぞ》きこまないで」

むすっとしながら、上半身を起こしたので、僕の上着を羽織らせる。薄手の寝間着は心臓に悪い。袖で口元を隠しながら、リディヤがお説教。

「まだ、起きていたの？　一緒に寝たと思ったのに……」

「目が冴《さ》えちゃってさ」

頰を掻《か》いて視線を逸《そ》らす。悩みは尽きない。

寝癖を付けた少女の問いかけ。

「……『三日月』との対決のこと？」

「うん。明日の朝、相談に」「今、聞くわ」

リディヤはベッドの上で足を崩し、僕に寄りかかってきた。

お互いの体温を感じ、酷く安心する。

至近距離で僕の横顔を見つめつつ、甘えきった口調で要求。

「ん」

「いや、小難しい話だし」

「んー!」

「……仕方ないなぁ」

こういう時のリディヤは最強だ。勝てた例《ため》しがない。

諦めてベッドに寝転がると、すぐさま少女も引っ付いてきた。

「よろしいー。で～?」

僕は魔力灯を消し、天井へアリシアの想定戦力を投影させていく。

室内が淡いぼんやりとした光に包まれる。

「『吸血鬼』はただでさえ凶悪だ。魔力は膨大。生半可な傷は再生し、力も恐ろしく強い。まして、相手はかの『三日月』。並大抵の攻撃は通じず……魔王の『剣』も使ってくる」

「そうね」

大樹の枝を使い、生半可な攻撃では傷一つつけられない『七竜《しちりゅう》の広場《ひろば》』の土台を、禍々《まがまが》しき漆黒の『剣』は切り裂いた。魔法式を幾つか並べる。

「再戦の為に、『火焔鳥《かえんちょう》』は改良して火力を上げた。でも——それだけじゃ足りない。昼間提案した戦術案も併用する必要がある」

リディヤが動く気配。

次の瞬間――

「！」「……静かにしなさい。アトラが起きるでしょう？」

僕の上に妖艶《ようえん》な笑みを浮かべた少女が乗っかり、覗き込んできた。

心臓が早鐘のように鳴る。……僕とて男なのだ。

左頬を指でなぞりながら、リディヤが続ける。

「だけど――あんたは不安を覚えている。新型の『火焔鳥』と新戦術を用い、死力を尽くしてもなお、届かないかもしれない、って。こんな夜中まで独りで考え込む程に。お、奥さんの私を放り出してっ！」

散々見てきた少女の恥じらう姿は蠱惑《こわく》的に過ぎる。

僕は辛《かろ》うじて反論。

「……リディヤ、さ。恥ずかしいなら言葉にしなくても――……あ～ごめん。僕が悪かった。噛《か》まないでおくれよ」

「――……う～」

リディヤも限界だったのだろう。

上半身を倒し、僕の肩を甘噛みしながら、恨めしそうに呻《うめ》いた。

頭を抱きかかえ、耳元で囁《ささや》く。

「問題は君じゃなく……僕なんだ。リナリアから魔杖《まじょう》を受け取っても、自前の魔力が足りなくて活《い》かし切れていない。そこを改善出来れば、もっと——リディヤ？」

息が触れ合う程の至近距離で見つめ合う。

けれど、少女の瞳には大粒の涙と怒り。

僕の両手を握り締め、額と額を合わせて祈るような告白。

「——……そういうことを言わないで。あんたは誰よりも頑張っているわ。何時《いつ》も、何時だって、頑張り過ぎるくらいに。その姿に、私が今まで何度救われたと思っているの？」

「…………ごめん」

謝ることしか出来ず、僕は投影していた魔法式などを消した。

リディヤが涙を流しながら、訴えてくる。

「ねぇ……もう気づいているんでしょう？　『三日月』との差を埋める決定的な方法に。なら、それを使えばいいじゃない。簡単な話よ」

「リディヤ、でも」

窓から月明かりが差し込み、少女の顔を照らした。

……ここで否定するのは駄目だな。

「正直に言うよ。考えなかったわけじゃない」

「ならっ！」「けどね」

僕は起き上がり、少女と向かい合った。

リディヤの右手の甲で、感情と魔力に反応し明滅している『炎麟《えんりん》』の紋章を指差す。

「大精霊は伝承されるような邪悪な存在じゃないと思う。でも――その力は未知だ。力を引き出すとなると、今まで以上に深く魔力を繋《つな》ぐ必要があるし、その結果、どういう影響が出るかも分からない。僕の命が削れるのは構わないけれど、君の――っ！」

突然、胸に激痛が走った。リディヤが本気で爪を立ててきたのだ。

頭を僕の胸に押し付けながら、怒られる。

「……自分の命を削る、とか二度と言うなっ。御義母様《おかあさま》と御義父様が聞かれたら、悲しまれるでしょう？　…………私だって。あんたが…………」

最後まで言葉にはならず、部屋の中に少女のすすり泣く声が静かに響いた。

僕は背中に手を回し、擦《さす》りながら謝罪。

「……ごめん。泣かないでおくれよ」

「ないてなんか、ない。……ぐすっ」

ポロポロ、と大粒の涙を零《こぼ》しながら、リディヤは減らず口を叩《たた》く。

指で少女の涙を拭い、両手を握り締めて僕は提案。

「この件は棚上げにしよう。不確定要素が多過ぎるし——え？」「？」

明滅していた『炎麟』の紋章が濃くなっていき、力強い魔力を放った。

二人して戸惑っていると、背中に温かさ。

肩越しに見やると、さっきまで寝ていた白髪の幼女が何時の間にか起きていて——歌うように教えてくれた。

「『がんばるっ！』って♪　アトラも～☆」

「…………」「ほらぁ。ほらぁ～」

思わぬ援軍を得て、勝ち誇ったリディヤに頬《ほ》っぺたを突《つつ》かれる。それを真似《まね》したアトラにも突かれる。僕は両手を軽く上げた。

「……状況に応じて判断しよう。出来れば、使わない方向で」

「はいはい」「♪」

「ぐぅ……」

呻きながら僕は再びベッドに横たわり、ブランケットに潜り込んだ。

すぐさま、リディヤとアトラも入って来て、両腕を拘束。

薄っすらと見える天井の紋様を見つめながら、呟《つぶや》く。

「『七塔要塞《しちとうようさい》』が陥落したことで、リンスターとアトラス侯国との間には電撃的な講和が成立してしまった。本来ならば、喜ばしい出来事なんだけど……」

リディヤが僕の左腕を抱きしめ、アトラはお腹《なか》へ移行。健やかな寝息を零し始めた。

闇の中で会話が続く。

「忌々《いまいま》しいけれど、見事な一手ね。御祖母《ばあ》様や御母様なら、多数のグリフォンを用いた空《くう》挺《てい》降下による水都占領も視野に入れられた筈《はず》よ。けど――残る北部侯国から、降《くだ》ったアトラスを効率良く守る為《ため》には空中攻撃が必須となる。同時に、幾ら御祖父《じい》様とフェリシアが魔術的な力量で兵站《へいたん》を管理していても、全ての侯国を呑《の》み込むだけの物資量はない」

リンスターとそれに列なる家々は強大だ。

その全力を投入出来れば、アリシアですら打倒し得る。

――だが、現実はその力を投入すること、能《あた》わず。現実的な結論を吐き出す。

「つまり、この決定的な数日の間に水都へ増援が来るのは絶望的。最悪、僕達は現有戦力で戦わざるを得ない」

リディヤの抱きしめる力が強くなった。

「……小《ち》っちゃいのとカレン、あとリリーが抜けているわ」

「ティナとカレンとリリーさん？」

『七塔要塞』攻略戦に、あの子達が関与している可能性は高い。

僕自身もリンスター公爵家前副メイド長のケレブリンさんに託した作戦案において、ティナ達の参陣を推薦した。

けれど……昨日の今日で水都に来られるとも思えない。リサさんも許さないだろう。

闇の中、リディヤが深刻そうに呟く。

「……嫌な……とても嫌な予感がするのよ……。今の内、隠れ家を変えておく必要があるかもしれない……」

「アハ、アハハ……」

僕は乾いた笑いを零す。心配し過ぎだと思う。

視線を落とすと『炎麟』の紋章が『頑張って！』というように強い光を放ち――消えた。

「リディヤ、僕はもう少し」「……アレンも一緒に寝てくれなきゃ、ヤダ」

もぞもぞ、と動き、零距離で全力の拗《す》ね。

「いや、でも。ほ、ほら？　大精霊の力を使うっていうなら、その魔法式が」

「寝ないなら襲うわ」「…………」

いけない――本気だ。

肉食獣に狙われる獲物の気持ちを濃厚に味わいながら、僕は力を抜いた。

下手糞《へたくそ》な演技をしながら告げる。

「あ、僕も急に睡魔が来たや－。寝ようかな－」

「…………」

雰囲気だけで容易に理解出来た。

今、リディヤは頰を思いっきり膨らませている！

案の上、ポカポカ、と胸を叩いて悪態。

「……バカ。アレンのバカぁ。そこは諦めて襲われなさいよぉ……あ、で、でも……襲ってくれても、私は、別に……」

「公女殿下がそういうことを言わない」

「――……ふんだっ」

拗ねながらも、僕の頰に触れてきた。

僕も少女の頰に触れ、挨拶を交わす。

「おやすみ、リディヤ。明日は、一緒に朝食を作ろうね」

「おやすみなさい、アレン。つくってあげてもいい、わ」

「では……本当に……本当にそれで、良いのだな？　ニエトよ」

＊

深夜の水都中央島。

ニッティ家屋敷《やしき》の執務室に、ピルロ・ピサーニ統領の静かな問いが投げかけられた。

影像の如《ごと》く控えている私──パオロ・ソレビノの緊張も極限まで張りつめている。

問いかけに、ニッティ家当主であり、副統領のニエト様は重々しく答えられた。

「数多《あまた》の海を駆け、死戦場をも潜《くぐ》り抜《ぬ》けた聡明《そうめい》な貴方《あなた》だ。既に理解されていましょう？

『猛《たけ》る花竜の前では積み荷を分けよ。危険の分散、これ商売の基本なり』。幼少の砌《みぎり》、覚えさせられた古き警句は正しいですな」

先々代より習った懐《なつ》かしき言葉を聞き、胸に熱きものが込み上げてきた。

……ニエト様は、あの頃から何も変わっておられぬっ。

お館様は威儀を正し、硬い表情で立ち竦《すく》んでおられる統領へ深々と頭を下げられた。

「このような仕儀に至った以上、ただ、お命じ下さい。『ニッティ家は己《おの》が使命を果たすべし』と。なに、懸けるのはたかだか一族の衰亡と我が命。貴方と若い知恵者達が生き残りさえすれば、連合と水都の再建、必ずや果たせましょうぞ」

長い長い沈黙。

ピサーニ統領は言葉を振り絞られる。

「………すまぬ」

「謝るのは私の方です。我が愚息ニケは、当初よりカーニエン達と聖霊教の接触を憂い、多くの助言を私へ齎《もたら》していました。貴方自身が接触し、『信ずるに足る』と言っていた『剣姫《けんき》の頭脳』にも慎重な見方を……。結果がこの様っ！　『剣姫の頭脳』は諦めを知らぬ者と聞いております。水都での決戦、避けられますまい」

かつて、連邦との邪悪な取引妨害が間に合わなかった際にのみ聞いた痛恨の呻き。

ニエト様は最悪の事態——水都が永久に喪《うしな》われることすら想定されている。

侯国連合副統領が、侯国連合統領へ深々と頭を下げた。

「これらは全て私が愚かだった故。責任の取り方は知っております——ピルロ船長」

兄上……何故《なぜ》、貴方はこの場にいないのだっ！

悲憤に我が身を苛《さいな》まれていると、統領が応じられた。

「——……あい、分かった。分かったよ。ニエト副船長」

数十年――侯国連合と水都の発展の為、尽くしてこられた御二人の視線が交差した。

「ニエト・ニッティ。侯国連合統領ピルロ・ピサーニとして命じる」

背を向け、杖《つえ》を突きながらも、しっかりとした足取り。

そして、扉の前で立ち止まり、威厳溢《あふ》れる命令が下された。


「『汝《なんじ》、己が任を果たすべし』」


これ程、悲壮な命が、果たしてこの長い侯国連合の歴史の中でもあろうか。

けれど、ニエト様は頭を下げられたまま、穏やかに返答された。

「――謹んでお受けいたします。連合と水都をどうか頼みます」

顔を上げられ、最後の挨拶をされる。

「ピルロ、どうか良き旅を。貴方に竜と精霊の導きがあらんことを。世界樹よ！　汚辱に塗れながらも、水都を救いし最後の侯王に勝る勇気を我が終生の友に与えたまえ」

統領の身体《からだ》が大きく震え、杖が音を立てた。それでも――振り返らず、叫ばれる。

「さらばだ、ニエト。我が友よ。詫《わ》びは何《いず》れ煉獄《れんごく》で。……どうか、待っていてくれ」

執務室の扉が音を立てて閉まった。

ニエト様は、ホッとされた様子を見せられ、私に声をかけて下さった。

「パオロ、お前も今までよく、私のような情けない男に仕えてくれた。幾ら礼を言っても足りぬ。……トニはすまなかった。見抜けなかった私の落ち度だ。許せ」

すぐさま片膝をつき、訴える。

「お館様……お願いがございます。どうか……どうか、私も共にっ！」

「ならぬっ！」

今までとは打って変わって、雷鳴の如き一喝。私の肩に手を置き諭される。

「死ぬのは私だけで良い。……良いのだ」

「ニエトさまっ…………」

壮絶な計画――『どう転んでも侯国連合を残す為、交戦継続派に敢《あ》えて鞍替《くらが》えする』を提案し、統領に承諾させたニエト様が夜景に目を細められながら、命ぜられる。

「お前にはニケ達を託したい。此度《こたび》の戦いでニッティは消え去るだろう。だが……」

拳を握り締められ、力強く断言される。

「それでも人の世は続いていく。我が息子達は聡明なれど、お前のような老練な者の助けが必要だ。愚かな当主としての最後の願い。……どうか頼む」

第2章

「……くそっ！　いったい何を考えているのだ、聖霊教の連中はっ‼」

今宵《こよい》、何度目だろう。

水都郊外にある別邸の冷たい執務室に私――カーライル・カーニエンの焦燥感溢れる声が響き渡った。隣の部屋で眠り続けている病床の妻を思えば、中央島の屋敷《やしき》にいるべきなのだろうが……右手で乱暴に書類を払い、頭を抱える。どす黒い感情を抑えられない。

「……まさか、ロブソン・アトラスを殺し、アトラス侯国の単独講和を誘発させるのが、使徒の『策』とはなっ。これが聖霊教のやり方。目的の為《ため》ならば手段を選ばぬ、かっ！」

南部の四侯爵襲撃はまだいい。何とか理解出来る。

だが、味方を敵方に追いやるのは想像の埒外《らちがい》。信じられない。

……いや、今更だ。今更に過ぎる。

当初から、聖霊教と我等《われら》の欲《ほっ》するものは大きく異なっていた。

奴等は領土を欲せず、旧聖堂の奥にある『礎石《そせき》』と呼ばれるものを。

私は謎の病に冒され眠り続ける妻を、聖女に回復してもらうことを。

今となっては十三人委員会ですら、奴等にとってはどうでもよいことなのだろう。

交戦継続派だった北部五侯の内、アトラスは離脱。

残る四侯国はリンスターへの対応で手一杯。アトラス侯を除く侯爵達も水都を離れた。

南部六侯も、講和派だった四侯はおそらく戦死。

水都で纏《まと》まった戦力を持つのは私と盟友のホッシ・ホロントのみ。統領のピルロ・ピサーニと副統領のニエト・ニッティは、未《いま》だ兵の本格的動員は行っていない。

闇曜日、水都に翻《ひるがえ》るのは、カーニエン、ホロント、勝ち馬に乗る為こちら側につく輩《やから》共、そして──聖霊教の旗だけであろう。目の前に『勝利』は見えている。

だが本当に、奴等を、聖霊教の使徒を、聖女を信じて良いのか？

思い悩んでいる内に──窓から光が差し込んできた。

「……朝、か……」

妻が心血を注いで築き上げた美しい庭は先日、半妖精族の使徒イオ・ロックフィールドが現れたことで傷み、花の多くが枯れている。

カルロッタが言っていた『罪滅ぼしなの』とはどういう意味だったのだろうな。

よろよろと立ち上がり、私は窓を開けた。

明日には血腥《ちなまぐさ》い戦場になるとは思えない、清らかな水都の風が私の前髪を揺らす。

昨晩、別邸を訪ねて来た盟友ホッシの言葉が脳裏に浮かんだ。

『カーライル、迷うな。最早賽《もはやさい》は投げられたのだ。我等は聖霊教に……聖女に賭けた。お前は細君の為。私は連合の将来の為。事、此処《ここ》に至った以上――引き返せはせぬ。勝たぬ限り、私達は破滅だ。侯爵の地位は喪われ、一族郎党にも咎《とが》が及ぶ。お前の細君にもな』

私は雲一つない朝焼けの空を見上げた。海鳥ではない生物が水都上空を旋回している。

――リンスターのグリフォン？　まさかな。

ホッシは、『聖霊教の聖女ならば、カルロッタを救えるかもしれない』という荒唐無稽な私の話を受け入れ、水都制圧作戦にも賛同。アトラス、ベイゼル両侯を始め、多くの者を計画へと引き込んでくれた。梯子《はしご》を外す真似《まね》は出来ない。

作戦決行前、最後の会話を交わした、使徒イオとイーディスの言葉が、脳裏にこびりついて、反響し続けている。

『カーライル・カーニエン、何をそんなにいきり立つ？　不可解だ。アトラス侯国なぞという足手纏《あしでまと》いだけで、リンスターの動きを当面の間、封じられるのだぞ？』

『アリシア殿が邪魔な南部四侯を排除した。残った講和派の連中の内、副統領も我等に鞍替えしたい、と接触してきてもいる。双竜の封止結界を解く手筈《てはず》も完了し、後は忌々《いまいま》しい『剣姫』と『剣姫の頭脳』を討ち、『侯王の贄《にえ》』を回収するだけだ』

強風が吹き、枯れた花弁《はなびら》が飛ばされて来た。手を伸ばして触れると、粉々に砕け散る。

――底のしれなかった黒衣の美女と恐るべき力を行使する聖霊教の使徒達。

連中を阻止すべく『剣姫』達も動けば……水都は。我が妻の故郷はっ！

机の傍《そば》に戻り――昨晩、会合が終わった後、届けられた二通の封筒と書簡へ目を落とす。

押されているのは、侯王の血統を示す蒼薔薇《あおばら》と南部侯爵を示す黒薔薇《ばら》の蝋《ろう》印。

懊悩《おうのう》、逡巡《しゅんじゅん》すること暫《しば》し――覚悟を決め、私は静かに口を開いた。

「……誰かいるか？」

入り口の扉が開き、現れたのは総白髪の老執事。一晩中控えていてくれたのだろう。

「お呼びでございましょうや？」

「絶対に信頼出来る者を一人、至急選抜してくれ。直接頼みたい任がある」

すると、老執事は目を見開き、おどけた仕草。

「これは異なことを……その人材ならば、御前におりますれば」

封筒と書簡を手にし、炎魔法で燃やし尽くす。

内容は分からずとも、情勢の空気は肌で認識しているだろう老僕を脅す。

「……碌《ろく》でもない任だ。そのまま死ぬやもしれん」

老人は大きく頭を振り、私を見た。穏やかな微笑《ほほえ》み。

「南方島嶼《とうしょ》諸国との取引の件にて、先代侯爵閣下より叱責を受けし折、貴方様《あなたさま》の執り成しにて追放を免《まぬが》れました。結果、娘の忘れ形見である孫達に教育を……御屋敷の庭は私がいなくとも整備されるよう、万事手筈を整え終えております。心配は御無用に」

胸を鋭い痛みが貫いた。

老執事の件が問題になった際、私は先代の怒りを恐れて庇《かば》おうとはしなかった。庇ったのは、カルロッタに叱られた後の話だ。正視出来ず、私は目を伏せた。

「……後でもう一度部屋へ来てくれ。書簡を用意する」

「畏《かしこ》まりました」

扉が閉まり、再び部屋に沈黙が満ちた。椅子に身体を預けて目を閉じる。

「……カルロッタ。私は、どうしようもない事をしようとしているよ。国を売り、多くの人々を巻き込んでおきながら……最後の最後で立ち止まり、友を裏切ってでも、決断の針を戻せないかと藻掻《もが》いている。ハハ……やはり、私はお前がいなければ、到底侯爵なぞ務められない、愚かな男だ。…………だが、それでも」

虚空《こくう》に手を伸ばし、拳を、強く強く握りしめる。

「お前が目覚めてくれるのならば、如何《いか》なる汚辱にも耐えてみせよう。如何なる小さな可能性にも賭けよう。虚栄心の塊で、空っぽの人形に過ぎなかった私を……『人』にしてくれたお前の為ならば、何も怖くはないっ」

手を下ろし、先程燃やし尽くした、ニケ・ニッティとロア・ロンドイロから届けられた書簡の内容を思い出す。

『『剣姫の頭脳』ならば、細君の病状に対処出来る可能性がある』

……ニケめ、随分と買っているではないか。ロアも、結局逃げず、か。

常に厳しい顔をしているニッティの嫡子と、後輩であり、元恋人だった少女を思い出し、私は昨晩来、初めて表情を緩めた。引き出しを開け、ペンと白紙を取り出す。

書簡を返す、と決めた以上、一度で可能な限りの情報を渡すべきだろう。

まずは、カルロッタの具体的な病状と発症した時期を……手が止まる。

「…………」

私の心に微《かす》かな、ほんの微かな疑念が浮かんだ。

カルロッタが病に倒れた際……全てを癒《い》やす聖女の噂《うわさ》を最初に私へ教えてくれたのは、ホッシだったな。

「で？　今日が最後の一日になるわけだけど、どうするの？　はい、紅茶」

「ありがとう。昨日と同じだよ。情報を集めて――明日の決戦に備えよう」

＊

昨晩の約束通り、二人で作った少し遅めの朝食を食べ終えると、目の前に座っている剣士服に着替えたリディヤが美しい磁器製のカップに紅茶を注いでくれた。

本日は光曜日。天気は快晴。

爽やかな風が心地よく、リディヤの隣に座っているアトラも目を細め、獣耳を動かしている。内庭で朝食をとったのは正解だったな。

そんな僕達を見守ってくれているメイドさん達は……。

「くっ……」「うぅ………」「お、お紅茶の御用意……」「でも、リディヤ御嬢様《おじょうさま》とアレン様のエプロン姿は最高でした！」「アトラ御嬢様も可愛《かわい》かったぁ」

今日も通常運転のようだ。

なお、明け方まで起きてローザ様のメモを解読してくれていたニコロと、それに付き合っていたトゥーナさんは、一度起きて来た後、今は主従共に就寝中。

サキさんとシンディさんは周囲の巡回に出ていて不在にしている。

隠れ家には感知結界と、サキさんの魔法生物による警戒網が構築されているし、『猫の小路《こみち》』は区画全体が迷路のようなものだけれど、油断は出来ない。

紅茶を飲んでいるアトラへ慈愛の視線を向けながら、リディヤが問うてきた。

「こっちから撃っては出ないの？　先手を取った方がいいんじゃない？」

僕は白シャツの袖をまくり、カップを手にしつつ、渋面になる。

「……『三日月』と使徒の居場所が分からない。旧聖堂だとは思うけど……確信は持てないし、例の戦略転移魔法を使う魔法士もいる。闇雲には動けないよ」

「ローザ様のメモに書かれていた――『黒花《こっか》』、ね」

紅髪《あかがみ》の少女が手を伸ばし、僕の髪に触れた。

メイドさん達の好奇の視線が集中するも「……寝癖」と呟《つぶや》きながら直してきたので、為《な》されるがままになりつつ応じる。

「うん。あと、聖霊教と結んだ交戦継続派の軍もいる。北部の侯爵達はリンスターに対処する為に余り兵力を割けないだろうけど……カーニエンとホロントは別だ」

ニケの話によれば、交戦継続派の中心は、『水竜の館』でニコロ君奪取を企てた、カーライル・カーニエン。

そして、カーライルの盟友ホッシ・ホロント。

どちらも、水都に数百の兵を入れている。

僕も手を伸ばし、リディヤの髪飾りを直し、紅髪の公女殿下と頷《うなず》き合う。

「現状の僕達で戦えるのは」「私とあんた。それに――」

『お任せくださいっ！　私達が御守《おまも》り致しますっ‼』

メイドさん達が胸を張り、唱和した。大変に頼もしい。

……この人達を死なせるわけにはいかないな。

幼女の頭を優しく撫《な》で、僕は軽く左手を振った。

「結論だ――今回は相手が相手。『三日月』だけでも手に余るのに、戦力的劣勢を覆《くつがえ》すべく、先手を取って旧聖堂へ出向いて、奇襲を受けたら目も当てられないよ」

「……気に入らないわね」

リディヤが目を細め、カップを手にした。

瞳には、静かな怒りの炎。

「この期に及んで、ピサーニとニッティは聖霊教に対する為《ため》の兵を動員しないわけ？　相手は味方の将を、うちの家を足止めする為に躊躇《ちゅうちょ》なく殺した連中なのよ？」

僕はテーブル上にある小さな布袋《ぬのぶくろ》を取り、昨日作ったクッキーを出した。一枚を、目を輝かせているアトラに食べさせ、もう一枚をリディヤのソーサーに置く。

「……水都の政治は奇々怪々、なんじゃないかな？　期待はしないでおこう」

水都中央島のカフェ『海割り猫亭』で顔を合わせた、ピルロ・ピサーニ統領は愚か者ではなかった。何か理由があるのだろう。

僕は今朝、ニケから届けられたメモ紙を取りだし、差し出した。

リディヤが目を走らせ――メイドさん達へ手で合図。全員屋敷《やしき》の中へ戻って行く。

それを確認した後、紅髪の公女殿下は訝《いぶか》し気に僕を見た。

メモに書かれていた走り書きは前半がニケの。最後の行だけはニコロのものだ。

『カルロッタ・カーニエン侯爵夫人は約一年前から病に臥《ふ》せっている』

『ありとあらゆる治癒魔法と薬を試すも、効かず。カーライル・カーニエンが聖霊教に傾倒していったのは、その為と思われる』

『病状の始まりは突然の凄《すさ》まじい高熱。それが十日余り継続した後、昏睡《こんすい》。以後、ベッドから起きることは稀《まれ》に。ここ半年間は意識もほぼ戻らず』

『幼い頃、父の書斎で読みし古き報告書に同様の病状を記した物があったと記憶しています。記載者の名はありませんでしたが、旧帝国語だったのは確実です』

……謎の病？　でも、これはむしろ『呪い』に近い。

僕は思考を振り払い、リディヤの視線を受け止めながら、言葉にする。

「致死性こそ大きく異なるようだけれど……今から十年前、王都で猖獗《しょうけつ》を極めた謎の病、『十日熱病』の症状に酷似しているように思う。ただ、あれは流行《はや》り病だった筈《はず》だ。なのに、カーニエン侯爵夫人だけ。……妙だね」

『十日熱病』は僕の教え子であるエリー・ウォーカーの両親の命を奪ったと聞いている。

また――ティナとステラの母親であるローザ様も晩年臥せられ、『何者かによって呪殺された』、とワルター・ハワード公爵殿下は仰《おっしゃ》っていた。

リディヤがわざわざ僕の隣の席へ移動。

「……ねぇ、いったいどういうことなの？」

「分からないよ」

正直に答え、リディヤにクッキーを食べさせる。

懐中時計を取り出し、無意味に蓋を開け閉め。

「ニコロが読んだ報告書はニッティの書庫にあったらしい。他国の書庫にも同じ物がある可能性はあるけれど、到底間に合わない」

返す返すも、ニッティの書庫が襲撃を受け、多くの貴重な文献を喪《うしな》ったのが痛い。

……聖霊教の自称聖女は、ここまで見越していたのか。

パチン、と蓋を閉め、リディヤと視線を合わせる。

「確実なのは、ここ水都に『十日熱病』と似た病状の侯爵夫人がいて、その人を調べられたら謎多き病について知見を得られるかもしれない、ってことさ。状況が許せば、ね」

言い終えた途端、花弁《はなびら》混じりの突風が吹き荒れ、僕達とアトラの長い白髪を揺らした。

リディヤは僕の黒茶髪に触れ、花弁を取り微笑。

「そうね。実際の夫人を診《み》れば――『十日熱病』が流行り病なんかではなく、人為的な魔法乃至《ないし》は呪いなんじゃないか？　という、あんたの仮説の立証も出来るわね」

僕は目を瞬《まばた》かせた。アトラの獣耳が大きくなり、音を捉えようとしている。

「……どうして」

「バレバレよ。私に隠し事が出来ると思っているわけ？　エリーには当面秘密にしておきなさい。今回の一件が終わり次第、アンナとハワードの執事長に調べさせましょう」

王国の暗い面を知っているだろう教授や学校長には敢《あ》えて話さず、リンスター公爵家メイド長で絶対に信頼出来るアンナさんと、エリーの祖父であり、ハワード公爵家を支える老執事長『深淵《しんえん》』グラハム・ウォーカーをまずは頼る、か。

家の中から人の声。客人のようだ。

「……参った。降参だよ」

「ふふ～ん♪　よろしいっ！　良《い》い機会だし、あんたに課題を出しておくわ」

ご機嫌なリディヤは立ち上がった。

左手を腰につけ、細い人差し指を鼻先に突き付けてくる。

「今後は私に何でも頼ること！　分かった？　分かったなら、返事をしなさいっ‼　あと、さっさと右手の指輪も外せるようになるっ‼」

「……ぜ、善処します……」

「三十点。落第よ。さ、もう一回っ！」

「ぐぅ……」

顔を近づけて来る公女殿下の圧力に押されていると、アトラが膝から降り、屋敷の方へ駆け出し、外へと出て来た鳥族の美人メイドさんに抱き着く。

「サキ♪」

「アトラ御嬢様。ただいま戻りました」

ふわり、と微笑《ほほえ》み、僕達へ綺麗《きれい》な動作で会釈《えしゃく》。

「――リディヤ御嬢様、アレン様、水都沖合に、南方島嶼《とうしょ》諸国の軍船が航行しております。現在は離れつつありますが、念《ねん》の為、お報《しら》せした方が良いと思いまして」

サキさんの小鳥による偵察だ。僕とリディヤは目を瞬かせる。

「南方島嶼諸国の？」「こんな時期に？」

ウェインライト王国と侯国連合との間に戦端が開かれているのは、彼《か》の国も先刻承知の筈。情報収集をするにしても——リンスターの前副メイド長さんの言葉を思い出す。

『南方島嶼諸国に少々伝手《つて》がございまして』

直後、ほんの微《かす》かに感知結界が震え、すぐ反応は消えた。敵意は皆無。

アトラを抱きかかえてくれているサキさんが右手を、僕は左手を振り、感知魔法の精度を向上させる。

美人メイドさんがピクリと反応し、瞳には驚きの色。

リディヤも腕組みし、屋根の上を睨《にら》みつけた。炎羽《えんば》が舞い上がっていく。

「ケレブリンが手を回したのね……出て来なさい！」

バチっ、と音を立てて、雷属性の認識阻害魔法が弾《はじ》け飛んだ。

屋根の上から、聞き馴染《なじ》んだ二人の少女と年上メイドさんの声が降ってくる。

「わわっ！」「あっ！」「むむむ～？」

スカートを押さえながら、お揃《そろ》いの外套《がいとう》を羽織っている三人は庭へと降り立ち——

「先生っ！」「兄様っ！」

薄蒼《うすあお》の白金髪で背中に長杖《ちょうじょう》を背負っている少女と、耳が隠れる程度の赤髪で腰に片手剣と短剣を提げている少女が僕にすぐさま駆け寄ってきた。

──ティナ・ハワードとリィネ・リンスター。

『公女殿下』の敬称を受ける本物の御嬢様《おじょうさま》達にして、僕の家庭教師の教え子でもある。

興奮した様子で、前髪を左右に揺らしながら、その場で跳びはねる。

「えへへ♪　来ちゃいましたっ！　これ、御姉様の手紙です」

「兄様！　短剣、ありがとうございました！」

「え、えーっと……ティナ、リィネ、一先《ひとま》ず座ってください」

戸惑いながらもステラの手紙を受け取り、教え子二人を宥《なだ》め、頭をぽんぽん。

すると、ティナとリィネは大きな瞳を更に大きくし、

「──……あぅ」

頬を薄《う》っすら赤く染め、俯《うつむ》いた。……あ、あれ？

普段と異なる反応に困ってしまい、リディヤとサキさんを見やるも「（……どう思う？）」「（アレン様が悪いかと。女の子は何時《いつ》までも子供ではいられませんので）」二人して密談中。助けにはなりそうにない。

仕方なく、もう一人の来訪者──長い紅髪を黒いリボンで結わえ、前髪に花飾りを着け

ている、リンスター公爵家メイド隊第三席のリリーさんへ視線を向ける。

相変わらず、矢の紋様が重なった装束に長いスカート、革のブーツという、メイドさんらしからぬ格好だ。

――けれども、

「サキ～♪　元気でしたかぁ？　小鳥さんがたくさん飛んでいたので、きちんと此処《ここ》まで来られましたぁ。メイド隊の訓練しておいて良かったですぅ～☆」

アトラごと嬉《うれ》しそうに、美人メイドさんを抱きしめている。

高空を飛ぶ魔法生物の位置で、隠れ家を見つけ出したのか⁉

僕が呆《あき》れていると、サキさんはリリーさんを押しのけた。

「……リリー、抱きつかないで下さい。元気です。先日、長年の懸案事項が解決したので。今後、私がシンディの姉です。覚えておいて下さい」

「はい～♪　了解です★」

年上メイドさんが楽しそうに両手を合わせる。シンディさん、からかわれるな。

もう一人の子もそろそろ来るようだし……僕は膝を屈《かが》め、恥ずかしがっている二人の教え子に話しかけた。

「ティナ、リィネ。色々と聞きたいんですが、まずは一つだけ教えて下さい」

両手を外し、公女殿下達が僕を見つめる。

「水都は早ければ今すぐにでも、遅くとも明日には戦場となります。来てくれたのは本当に嬉しいです。でも——」

そこまで言って、僕は言葉を呑《の》み込んだ。

ティナとリィネの外套はかなり汚れている。余程の強行軍だったのだろう。

僕の沈黙に対し、二人の公女殿下はお互いの顔を見合わせ、一歩距離を詰めてきた。

「そんなの」「決まっています」

「先生を——」「兄様を——」「「助けに来ましたっ！」」

少女達の蒼と赤の魔力が漏れ出て、キラキラと煌《きら》めく。

……女の子の成長は凄《すご》いや。

「ありがとう。それじゃあ、助けられますね」

「「——はい♪」」

嬉しそうにティナとリィネは笑みを浮かべ、大きく頷《うなず》いた。

二人へ左手で空いている椅子へ座るよう改めて指示していると、

「………」

リリーさんがサキさんから離れ、僕の視界に入るよう移動。

左手を胸に置き、腕輪を無言で見せてきた。

僕も右手の腕輪を見せ、感謝を伝える。

「――……はい♪」

小さく呟《つぶや》き、年上メイドさんは前髪を押さえて、ホッとした表情になった。

何時《いつ》もなら、こういう場面で不満を表明するティナやリィネ、リディヤも口は挟んでこない。リリーさんにも随分と心配をかけてしまっていたようだ。

そうこうしている内に、長い乳白髪のメイドさんも庭へやって来た。

「失礼します～。リディヤ御嬢様、アレン様、凄い御客様《おきゃくさま》です！　南都から、むぐっ」

そして、目にもとまらぬ速さで年上メイドさんに捕獲された。

小さな頭を撫《な》で回《まわ》しながら、頬ずり。

「うふふ～♪　シンディ～☆　サキの妹に甘んじたんですかぁ？」

「っ！　リ、リリー御嬢様!?　な、何で……ど、どうしてここにっ！？！」

愕然《がくぜん》とし、シンディさんが激しく狼狽《うろた》える。

リディヤとリィネ、サキさんは我関せず。日常風景らしい。

「違いますぅ～。呼び捨てじゃないと、めっ！　です★」

「え、えーっとー……そ、それは、ですねぇ……む、難しい、と言いますかぁ……」

「なら、もっと、ぎゅー、ですぅ～♪」

「ううう……サキちゃぁん……」

シンディさんが困り果てて助けを求めるも、リディヤ、リィネと話していて届かず。

それにしても、第六席のメイドさんを容易《たやす》く拘束するなんて……。リリーさん、強いんだよなぁ。おそらくは僕よりも。

肩を竦《すく》め、アトラと「！　♪」「むむ……わ、私だって、先生にリボンを貰《もら》いましたっ！」と、仲良く話しているティナへ声をかけようとし、

「兄さんっ！」「おっと」

荷物を放り出して、飛び付いてきた狼《おおかみ》族の少女――妹のカレンを抱き止める。

僕の胸に顔を埋《うず》め、大きく膨らませた尻尾を揺らす。

「……カレンまで来ちゃったのか」

背中をさすりながら、零《こぼ》すと妹は上目遣いになり、唇を尖《とが》らせた。

「当然です。私は兄さんの妹なんですよ？　妹は兄を守る。これが世界の法則です。『七《しち》塔要塞《とうようさい》』からほぼ一日で飛ばしてきました。さ、どうぞ、たくさん褒めてください」

一日で⁉　ティナとリィネへ目で確認すると、二人は胸を叩《たた》いた。

「兄が妹を守る、だと思うんだけど……ありがとう。ティナとリィネも」

「はいっ！　……えへへ♪」「兄様！　たくさんお話ししたいですっ‼」

カチャン、とカップが音を立てた。

足を組み、リディヤが問う。

「カレン？　義姉《あね》に挨拶はないの？」

僕を守るように前へと進み、妹が低く唸《うな》る。

紫電と炎羽がぶつかり合う。

「……ある訳がないでしょう？　貴女《あなた》には重大な容疑がかかっています。兄さんの優しさに付け込み『アレン・アルヴァーン』などと虚偽のサインをさせた、という容疑がっ！」

「「「………」」」

ティナ、リィネ、リリーさんも僕へ無言の圧をかけてきた。

リディヤが悪い顔になる。

「真実だもの。今の私は『リディヤ・アルヴァーン』。ふふ……いい響きね♪」

「戯言《たわごと》っ！」

カレンが咆哮《ほうこう》し、雷をその身に纏《まと》おうとし——

「はいっ！　そこまで」

「⁉」

僕は魔法に介入し、妹を止めた。すぐさま、二人のメイドさんを呼ぶ。

「サキさん、シンディさん」

「万事準備、整っております」「……大丈夫、です……」

「ありがとうございます」

御礼を言い、お澄まし顔のリディヤへ目配せ。

すると、紅髪《あかがみ》の公女殿下はすっと立ち上がり、ティナ達へ命じた。

「あんた達、まずはお湯につかって旅の疲れを取りなさい。詳しい話はその後にしましょう。ついてきなさい」

そのまま、返答も待たずに歩いて行く。

「え？　あ、は、はいっ！」「姉様、待ってください！」

戸惑いながらも、ティナ、リィネが後ろに続いていく。

僕は、怒りの矛先を喪《うしな》った妹を促し、年上メイドさんへ会釈《えしゃく》した。

「さ、カレンも行っておいで。実の所……のんびり出来る時間は殆《ほとん》どないんだ。リリーさん、申し訳ないんですが、その間に南都の最新戦況を教えていただけますか？」

＊

「わぁぁぁぁ！　凄い温泉ですね、リィネ！」

「子供みたいにはしゃがないでください、ティナ！　……同意はします」

いちはやく服を脱ぎ終え、身体《からだ》に真新しいタオルを巻いて浴場内に立ち入ったティナと私は思わず歓声をあげました。

隠れ家の一区画を使っている為《ため》、とても広く、天井も高くて開放感があります。

床や壁は全て大理石。湯舟には木材が使われているようです。

来る途中で姉様が教えてくれたところによると、この隠れ家は水都の獣人族が、賓客をもてなす為に使っていたらしく、細かい所にも手が込んでいます。

二人して、浴場内を眺めていると、入り口の扉が開き、私達と同じ格好の姉様とカレンさんが入って来ました。

……姉様もカレンさんもとても綺麗《きれい》……。

姉様はすらりとされているのに女性らしく、カレンさんだって、私やティナに比べれば明らかに大人っぽい……。この場にはいませんが、リリーは言わずもがな。

それに対して——私は目線を下へ向け「………………」どんよりと暗い気持ちになり、その後、丸っきり同じ行動をしている首席様のほぼない胸を見ました。

希望が復活し、重々しく宣告します。

「客観的に見て……私の勝ちですね」

「何処《どこ》に目がついているんですか？　私の方が背は高いですっ！」

「「っ！」」

睨《にら》み合い、視線をぶつけ合います。

これだから、現実を受け止められない首席様はっ！　エリーがいてくれたら、私の味方をしてくれると思うのですが、あの子は南都に残っています。残念です。

私達の絶対に譲れない争いに対し、姉様とカレンさんが呆れた声を発せられます。

「小《ち》っちゃいの、リィネ、静かになさい」「まずは汗を流しましょう」

「「……は〜い」」

私達は同時に手を挙げて、洗い場へ向かいました。

一人一人の場所が区切られていて、ゆったりとしています。

水と炎の魔石に触れてお湯を出し、身体にかけると、自分が思っている以上に疲労していたことを実感します。

雷曜日の夜半に、グリフォンで『七塔要塞』を出発。

途中、ケレブリンの伝手《つて》で南方島嶼《とうしょ》諸国の軍船へ降りもしましたし……。

ティナとカレンさんも同じようで、気持ちよさそうにお湯を身体にかけています。

私は髪を濡《ぬ》らしながら、小さな声で質問しました。

「――……姉様。私達が来たこと………怒っていますか？」

温泉が湯舟へ勢いよく流れ込む音。

濛々《もうもう》と湯気が立ち昇る中、姉様のクスクス、と笑う声が聞こえてきました。

「バカね。別に怒ってないわよ。あ、勿論《もちろん》、小っちゃいのとリリーは別よ？」

私の心の中が安堵《あんど》で満たされます。

姉様が、その……兄様のことを、お慕いしているのは、どう見ても明らかです。

そして――……わ、私も……。

でも、同時に私は姉様のことが大好きで、尊敬もしているので、嬉《うれ》しくもなってしまうのです。両手を合わせ、はにかみます。

「……良かったぁ」「良くありませんっ！」

髪と身体を洗い終え、タオルを巻いたティナが頬を膨らませ、姉様へ抗議します。

「どうして、リィネとカレンさんは許されて、私とリリーさんは許されないんですか！

これは横暴ですっ‼　明確な理由を求めます‼」

お湯を止められ、姉様が湯気を手で払われました。鋭すぎる眼光。

「理由その一――あんたの中に『氷鶴《ひょうかく》』がいることが、聖霊教の連中にバレる。奴等《ら》は
大精霊に執着しているのよ？」

「お、遅かれ早かれですっ！　『炎麟《えんりん》』だって同じじゃないですかっ！」

「……理由その二」

姉様が不機嫌そうに身体にタオルを巻かれました。

腕組みをし、複雑な表情になられます。

「あいつは、あんたを高く評価している。こういう状況だと頼りにするくらいには」

「！　せ、先生が、私を……？」

ティナが大きな瞳を丸くしました。前髪が歓喜を示し、右へ左へ揺れます。

確かに、兄様がティナを評価しているのは間違いありません。……ありませんが。

「…………」

私とカレンさんは何とも言えない気持ちになります。

……兄様は、私達も頼りにして下さるでしょうか？

気を取り直され、姉様が不敵な笑み。

「まぁ――でも？　あいつが一番頼りにするのは結局、わ・た・し。小っちゃいの、あんたはお呼びじゃないのよっ！　髪も短いしね」

「なっ⁉　リ、リディヤさんだって、今は短いじゃないですかっ‼」

「はいはい♪」

「は、はい、は一回ですっ！」

「……リディヤさん、『アルヴァーン』の件、まだ追及は終わっていませんから」

姉様とティナ、カレンさんが仲良く？　口喧嘩《くちげんか》をしながら湯舟へ歩いて行かれます。

……何だかんだ、姉様は二人を気にいっているんですよね。

お湯を止め、姿見《すがたみ》に映った自分の短い赤い髪を見て、私は独白しました。

「もっと伸ばした方がいいのかなぁ……」

だって、兄様は……アレンは長い髪の女の子が好きだから……。

心の中で、そんな想《おも》いが浮かんだ瞬間、

「――……あぅ」

一気に頰が火照《ほて》りました。何度も、何度も、冷水を頭に被《かぶ》ります。

………私、もう本格的に駄目かもしれません………。

アンナが此処《ここ》にいてくれたら、相談出来るんですが。

湯舟につかったティナが、縁を両手で摑《つか》み心配そうに私の名前を呼んできました。

「リィネ？　どうかしたんですか～？」

「……何でも……何でもありません。今、行きます」

私は辛《かろ》うじて返答し、水を止め立ち上がりました。

姿見に自分の顔と裸体が映ります。

多少はこの数ヶ月で成長している……筈《はず》です。そうです。

戦いはこれからです！

たとえ——戦況が不利でも、諦めることなんか出来ないのですから。

私は拳を握り締め、湯舟へと向かいました。

「細かい話は後で聞くとして……『七塔要塞《しちとうようさい》』を陥《お》としたそうね？　あいつの作戦案を使ったの？」

温泉に浸《つ》かり、一息吐《つ》くと、姉様が口を開かれました。

エリー、リリーに助けられながら、たった一人で要塞の巨大な壕《ほり》を凍結させるという勲功を立てたティナが大きく頷《うなず》きます。

「はい！　御姉様《おねえ》の案も合わせてっ‼　ほぼ、先生の案と同じだったんですよ？」

「ステラが？　――ふぅ～ん。やるじゃない」

姉様が目を細められ、温泉を手で掬《すく》われました。驚きと称賛が半々、といったところでしょうか。

今までの姉様なら、嫉妬の香りがあったのですが、感じられません。

私は不思議に思いながら、ティナの後を引き取りました。

「ただ、要塞に突入後、使徒次席を名乗る半妖精族の魔法士と交戦しました」

割れたステンドグラスを背に、黒い羽を広げ、魔杖《まじょう》を掲げて禁忌魔法を放たんとする、恐るべき魔法士の姿が脳裏に浮かび、私は身震いしました。

……兄様の御指示で届いた『炎蛇《えんじゃ》』の短剣がなければ、私達も。

姉様がカレンさんへ尋ねられます。

「……そいつの名は？」

「イオ・ロックフィールド。【花天《かてん》】なる人物の弟子で、『黒花《こっか》』を自称していました。勇将ロブソン・アトラスを暗殺したのも……。私とリィネ、リリーさんの三人がかりで、リサさんとレティ様の到着まで時間を稼ぐのがやっとでした。戦略転移魔法と、禁忌魔法『緑波棲幽《りょくはせいゆう》』『北死黒風《ほくしこくふう》』をも使ってきました」

「厄介ね」

姉様は短く応じられ、考え込まれました。

私の隣でお湯に浸かっていた、ティナが挙手。

「リディヤさん。教えてください。想定される水都での敵戦力はどれ程なんですか？」

……こういう物怖《ものお》じしないところは、見倣《みなら》わないといけませんね。

反省していると、姉様は茶化されることもなく、淡々と教えてくださいます。

「判明している相手の大駒は――『三日月』『黒花』。聖霊教の使徒イーディスと異端審問官達。ニッティ家を裏切ったトニ・ソレビノ。そして、カーニエン、ホロントの侯爵軍。奴等は簡易型魔導兵の量産に成功したわ。基礎部分には、『人造吸血鬼』の魔法式が使われている。決戦場には『光盾《こうじゅん》』『蘇生《そせい》』の残滓《ざんし》を組み込んだ、今までの魔導兵も投入してくるでしょうね。南部四侯爵が襲撃されて、全員生死不明なのは聞いている？　講和派のピサーニとニッティも及び腰なようだし……まともにやり合えば苦戦は免《まぬが》れない」

「「…………」」

『剣姫《けんき》』リディヤ・リンスターの冷徹な戦況判断に、私とティナは黙り込みます。

姉様がこう判断されている、ということは兄様も……。

すると、今まで黙って話を聞いていた副生徒会長さんが口を開かれました。

「敵戦力は理解しました。でも──特段問題ないと思います」

私とティナは目を瞬《まばた》かせました。

「……カレンさん？」「……ですが」

副生徒会長さんが左手を出されました。

「考えてみてください？　まず、こっちには、リディヤさん、私、ティナ、リィネ。リリーさんとリンスターのメイドさん達がいます。──何より」

指を折りながら数えていき、私達全員を見渡しました。

この場にいない相手を心から信頼している顔。

「兄さんがいます。負けません、絶対に」

「…………っ」

私はほろ苦い敗北感を味わい、ティナが湯舟に口元まで沈み込みました。兄様とカレンさんには、たとえ血は繋《つな》がっていなくとも『兄妹《きょうだい》』という強い強い絆《きずな》があります。

──あれ？

でも、こういう時、真っ先に反応されるのは？

私達が視線を向けると、姉様はただ微笑《ほほえ》まれ、肯定されました。

「ええ、勝つのは私達よ。でも──手が足りなかったのも本当。来てくれて助かったわ。

ありがとう」

『っ!?!!』

私達は驚きのあまり、あんぐりと口を開けました。

姉様が、兄様独占教を固く信奉されている姉様が……アトラや水都駐留のメイド達がいるとはいえ、謂わば二人《い》きりな状態を邪魔する私達に対して、素直に感謝されたっ⁉

ティナと私は混乱したまま、取り乱します。

「リ、リディヤさんっ、い、いったい、ど、どうしたんですか⁉　そ、そこは『でも、あんた達がいなくても、私とあいつだけで十分だけれど』じゃないんですかっ⁉」

「あ、姉様……兄様と一緒に過ごしたせいで、余りの嬉しさに、お、おかしく⁉」

姉様の鋭い眼光が私達に突き刺さります。

「……小《ち》っちゃいの？　リィネ？」

「ひっ！」

自然と悲鳴が零《こぼ》れ。私とティナは両手を握り締めあいます。

この場において、誰よりも頼りになる副生徒会長様が剣呑《けんのん》な表情で質問。

「……リディヤさん、兄さんに何を言われたんですか？」

対して、姉様は余裕綽々《よゆうしゃくしゃく》の態度を崩されません。

柔らかく微笑まれ、返答されます。

「別に何も言われてないわ。私は普段通りよ――普段通り♪」

「「…………」」

オルグレンの動乱において、一時的とはいえ、兄様の行方が分からなくなった後、姉様の心は不安定な状態でした。

――どうやら此処、水都で『剣姫』は完全復活を遂げられたようです。

そんな私達の反応を眺められた後、姉様は立ち上がられました。

白い湯気が上がる中、真摯な忠告を下さいます。

「先に上がるわ。あんた達はもう少し浸かって疲れをしっかりと取りなさい。――決戦は明日、闇曜日。敵は強大だけど、負けるわけにはいかないのだから」

＊

「では……これ以上の増援はやはり期待出来ない、と」

「はい。アトラス侯国の単独講和申し出が最大の誤算でしたね～。シェリル王女殿下の護衛隊と、テト・ティヘリナさん達も南都へ進まれると聞いていますが、間に合うとは思えません。ケレブリンも大奥様と一緒にベイゼルとの国境に向かいましたぁ」

リディヤがティナ達を連れて行った後、僕は庭でリリーさんと最新情報の交換を行っていた。メイドさん達もおらず、籠の中ではアトラが丸くなって寝ている。

……ほぼ想定通りとはいえ、厳しいな。

ステラの手紙によると、アトラスの侯都には、魔王戦争時代の大英雄『流星』の副官、『翠風《すいふう》』レティシア・ルブフェーラ先々代公爵殿下も前進されているそうだけど、他の北部侯国の動きを考えれば、とてもじゃないが動けないだろう。

目の前に座るリリーさんがカップを置き――真剣な視線を僕へ向けてきた。

口調も普段と変わる。

「アレンさん、意見を具申しても？」

「勿論《もちろん》です」

僕は副公爵家長女でありながら、メイドになる為《ため》、人知れず膨大な努力を積み上げてきたリリー・リンスター公女殿下を信頼している。

年上公女殿下が、冷静に意見を述べてくれる。

「状況を整理するに――我が方は明確に劣勢です。また、それを覆《くつがえ》す為の戦術的選択肢も限られ、戦略的には最早《もはや》敗北しています。水都からの撤退も視野に入れるべきではないでしょうか？　……大奥様と奥様の一筆も頂いています。私が来たのはその為です」

そう言うと、リリーさんは書簡を取り出し、僕へ差し出してきた。

──裏側には紛れもないリンスターの印。

大陸最高魔法士『緋天《ひてん》』リンジー・リンスター様と、大陸最強の一角と謳《うた》われる前『剣姫』リサ・リンスター公爵夫人の書簡、か。

苦笑しながら受け取って手早く開け、中身を確認。

内容は、年上メイドさんが語った撤退を勧める内容だ。

最後に書かれていたのは、リサさんの走り書きによる補足。

『全てはアレン、貴方《あなた》の判断に委ねます。絶対に、自分の命を軽々に扱わないように』

……流石《さすが》はリサさん。

僕の考えなんか、お見通し、と。

書簡を丁寧に畳んでしまい、リリーさんへ返し、全面的に肯定する。

「大変真っ当な御意見だと思います。敵地のど真ん中で僕達は孤立、相手の最終目標は朧気《おぼろげ》。敵戦力は強大で。何より……相手方の裏にいる、自称聖女は紛れもない怪物です」

「なら！」

「ですが……撤退は出来ません。座視するには、聖霊教は余りにも危険過ぎます」

リリーさんの言葉を遮る。

強風に、年上メイドさんの長い紅髪《あかがみ》がなびき、花飾りが光を反射した。

初めて聞くような、硬い口調。

「——……詳しく理由をお聞きしてもいいでしょうか？　今の私は、副公爵家長女ではなく、リンスター公爵家メイド隊第三席としてこの場にいます。たとえ……たとえ、貴方が残られる決断をしても、リディヤ御嬢様《おじょうさま》、リィネ御嬢様、そして、ティナ・ハワード公女殿下の御身の安全を優先しなければなりません」

心に深い深い安堵《あんど》が満ちる。

リンスターに仕えるメイドさん達は、自分達が守るべきものを決して見失わない。

紅茶をカップへ注ぎ、左手を胸に押し付けとても辛《つら》そうなリリーさんへ、微笑む。

「当然です。最悪の場合、みんなを連れて脱出をお願いします。その際の殿《しんがり》は無論、僕が。あ、これは昨日焼いたんです。どうぞ」

小袋から、クッキーを小皿に取り出し、僕は手で勧めた。

けれど、普段あれだけ快活なリリーさんは硬い表情のまま。顔を伏せて続けられる。

「……何故《なぜ》、そこまで？　貴方が交渉役としての功績に固執されているとは思いません。

道義的に水都を守る必要があるからって……どうしてですか？　貴方が、誰よりも優しいのは知っています。でも……でもっ！　ここで命を懸けられるのは、絶対反対ですっ‼」

自分の客観的な評価を聞くのは少々面映《おもは》ゆい。

アトラの籠に小鳥達が集まって来ている。精霊の力なのかな？

幸せそうに眠る幼女を見つつ、答える。

「貴女《あなた》と同じですよ」

「……私、と同じ？」

リリーさんが顔を上げ僕を見つめた。瞳は潤み、大粒の涙が今にも零れ落ちそうだ。

僕はハンカチを取り出し、年上メイドさんの目元に手を伸ばした。

「御存じだと思いますが、僕は孤児です。東都にいる両親やカレンと血の繋がりはありません。王立学校でも、友人らしい友人は数える程でした」

入学試験で出会ったリディヤ・リンスター。

その翌日に知り合ったシェリル・ウェインライト。

そして、ゼルベルト・レニエ。

狼《おおかみ》族の養子である僕を蔑まず、向き合ってくれた同期生はこの三人だけ。

——後一人、ニケ・ニッティは卒業式で僕に手を差し伸べてくれた。

「だからこそ、かけられた温かい言葉は覚えているんですよ。そしてその恩は——」

胸に両手を押し付けているリリーさんの花飾りを直し、はっきりと伝える。

「命を懸けるに十分過ぎる。南都の丘で言っていましたよね？　『御母様とアンナだけが、メイドになるのを応援してくれたんです。だから、立派なメイドさんになって、絶対、恩返しをしなきゃっ！　って思っています』と。これは、そういう話なんですよ、リリー・リンスター公女殿下？　貴女なら理解してくれると僕は信じています」

「……そんな、そんなの……反則です……どうして、貴方はそうやって………」

震える声でそう呟《つぶや》くと、年上公女殿下は立ち上がり、背を向けた。

出来る限り軽い口調で告げる。

「乗りかかった船です。どういう結末に至ろうとも、最後まで見届けますよ。得られる情報も多いですしね。——撤退する場合、リディヤ達への説得はお任せしても？」

「…………はぁ。もうっ！　もうったら、もうっ‼　アレンさんは、相変わらず、とってもズルい人です。とっても危険人物ですっ！」

リリーさんが分かりやすく不機嫌そうに叫ぶと、無数の炎花が舞った。

ごしごし、と袖で目元を拭い、その場で回転すると、両腰に手をやり、高々と宣言。

「断・固！　何があっても、ぜ～ったいに‼　御断りします‼」

そして一転、スカートの裾を摘み、綺麗《きれい》なお辞儀。

「リンスター公爵家メイド隊第三席リリー。以後はアレン様の命に服します。貴方の為なら、全てを斬って、燃やして、潰しましょう。——ただし！」

「わっ！」

突然、リリーさんが一気に距離を詰めてきた。

浮遊魔法を高速発動し転ぶのを防ぐも——至近距離には年上メイドさんの整った顔。

頬は薄《う》っすら紅《あか》く、不覚にもドギマギしてしまう。

「殿は禁止ですぅ～★　アレンさんは大事な人なので。破ったら……そうですねぇ～私の御婿さんになるとかどうですかぁ？　いい加減、父も五月蠅《うるさ》いので～♪」

「……冗談、ですよね？」

「冗談だと思いますかぁ？　それよりも、はっきり！　と御返事をお願いしますぅ★」

駄目だ。言葉こそ柔らかいけれど、断れる気がしない。……リンスターの血、か。

リリーさんの腕輪に触れ——魔法制御の補助式を走らせ、全面降伏。

「………殿はしませんし、命も軽々に扱いません」

「よろしいですぅ～♪　……魔法式、ありがとうございます。嬉《うれ》しいです」

心底幸せそうで、子供みたいな純粋な笑み。

……昔、シェリルにも、こうやって押し切られたなぁ。

椅子を戻している間も、リリーさんは腕輪に触れる度ニコニコ。

でも……うん。『公女殿下』よりも『メイドさん』の方が落ち着くや。

テーブル上のクッキーが入った小袋を手にし、年上メイドさんが仰々しく敬礼。

「では、私もお風呂《ふろ》へ行ってきますぅ～♪　……今度は抱きしめて、魔力も繋《つな》いでもらいますから、ね？　リディヤちゃんばっかりはズルいですし……」

「行ってらっしゃい。……今、何か言いましたか？」

「何も～♪　あ、カレン御嬢様達の服装、褒めてあげてください！　自信作です‼」

「は、はぁ……」

訳の分からないことを告げ、年上メイドさんは意地悪な笑みを浮かべ、左手の腕輪を煌《きら》めかせ、弾むような足取りで屋敷《やしき》へ戻って行った。

入れ替わりで、リディヤが帰還。替えの剣士服だが、髪は乾かしてきたらしい。

荒々しく隣に腰かけ、ジト目を僕へ向けてくる。

「おかえり」

「ただいま。……リリーと何を話していたの？　随分、機嫌が良さそうだったけど」

グラスに冷たい冷水を注ぐ。殿云々《うんぬん》は言わない方が良《い》いな。

「お互いの情報の擦り合わせ。近い内に南都へシェリルとテト達も来るみたいだよ？」

途端、リディヤは渋い顔になった。

一気に冷水を飲み干し、考え込む。

「後で御母様へ手紙を――……違うわね。そうすると、確実にこっちへ送り込みかねないから、御父様へ意見を送っておくわ。腹黒王女なんか、お呼びじゃないのよっ！」

「！……♪」

アトラの尻尾が、ビクリ！　と動き、すぐにふにゃふにゃになった。

空のグラスに冷水を注ぎながら、意見表明。

「え～でも、僕は」

「……何よ？」

むすっとしながら、グラスを受け取り、リディヤが頰杖《ほおづえ》を突いた。

僕はクッキーを摘み、細やかな願望を口にする。

「シェリルの使い魔のシフォンに会いたいな。あの子のもふもふなお腹《なか》でさ――アトラとアンコさんが、すやすや寝ている光景が見たいんだ」

「……なら、シフォンは許可するわ。テトもね。ん」

紅髪の公女殿下が開けた口に、僕はクッキーを食べさせた。

普段なら、これで多少は機嫌が回復するのだけれど……未《ま》だ御機嫌斜めだ。お風呂で何かあったのかな？　無言で口を開けてきたので、もう一枚食べさせる。

「みんなは？　一緒じゃないのかい？」

「……知らないわよ」

リディヤは拗《す》ねた口調で言い放ち、僕の右手の腕輪を弄《いじ》り始めた。

これは『怒り』というより羨ましさだな。

屋敷の方から、妹の涼やかな声。

「兄さん。お待たせしました」

「カレン、おかえり――……」

そこまで言って、僕は言葉を喪《うしな》った。

妹が着ていたのは、見慣れた王立学校の制服ではなく――濃淡の紫色で、矢の紋様が重なった遥《はる》か東の国の装束と長いスカートだった。頭には花付軍帽を被《かぶ》り、足には革製のブーツを履いている。

リリーさんと同じ服装!?　自信作って、まさか……。

戸惑っていると、カレンの背中から、ティナとリィネも顔を出した。

「せ、先生……あの……」「あ、兄様……その……」

二人の公女殿下もまた、カレンと色違いの服とお揃《そろ》いの長いスカート、ブーツを身に着けていた。ティナが濃淡の蒼《あお》。リィネが濃淡の赤だ。

恥ずかしいのか、もじもじしながら僕の様子を窺《うかが》っている。

そんな少女達を後目《しりめ》に、カレンは堂々とやって来て、要求してきた。

「さ、兄さん、感想をお願いします」

「……ちょっと、ちょっと待っておくれ」

僕はカップの中身を飲み干し、瞑目《めいもく》した。

……リディヤが御機嫌斜めだったのはこれが理由か。案外寂しがり屋なんだよな。

予備のグラスを用意しながら、告発する。

「――……犯人はリリーさん、貴女ですね？」

「フッフッフ～……」

お風呂へ行った筈《はず》の年上メイドさんが、柱の陰から顔を出した。

悪い顔をしながら、言葉を続けようとする。

「バレてしまっては、仕方ありません～★　そうっ！　これは」

「何時《いつ》までも、メイド服を貰《もら》えないあまり、自分の仲間を増やし、あわよくばこちらの服装を主流に、という某副公爵家御令嬢の陰謀ですね？」

「～～っ！！！！」

機先を制すると、珍しくリリーさんが固まった。

口をパクパクさせながら、頬を染め叫ぶ。

「そ、そうやって、言葉にしないで下さいぃ～！　は、恥ずかしいですぅ～‼」

……恥ずかしがる基準が今一、分からないなぁ。

そんな従姉《いとこ》に対し、リディヤは隣でぶつぶつ。「……どうせなら、私の分も……」。聞かなかったことにしよう。

僕は落ち着きを取り戻し、ティナ達に感想を告げる。

「だけど——可愛《かわい》いですね。とても似合っていると思います」

「「えへ♪」」「当然です」「…………」

ティナとリィネは前髪を揺らして喜び、カレンはお澄まし顔。

リディヤは無言で、グラスに冷水を注いだ。

感想を聞き、回復したリリーさんも勝ち誇る。

「ふっふ～ん♪　流石《さすが》はアレンさんですぅ☆」

「でも、やっぱりメイド服には見えませんね」

「！？！！！」

梯子《はしご》を外された年上メイドさんは愕然《がくぜん》。

そして泣き真似《なまね》をしながら、今度こそ屋敷の中へ走って行く。

「ア、アレンさんの……アレンさんの、いじわるぅぅぅ！！！！　メイドさんになって

あげませんからぁぁぁ！！！！」

……凄《すご》い風評被害だ。

驚き、寝ぼけて僕を見たアトラに手を振ると、安心したのか再び丸くなった。

ティナ達に座るよう目で促し、話しかける。

「詳しい話は聞きました。ティナ、リィネ。要塞攻略戦で活躍したみたいですね」

「は、はいっ！　頑張りましたっ‼」

「みんなの助けがあったので。ただ、兄様……この短剣は、ちょっと………」

薄蒼髪《うすあおがみ》の公女殿下は嬉しそうに顔を綻ばせ、赤髪の公女殿下は行儀よく返事した上で、

困った顔になった。

教え子と妹の前にグラスを置き、僕は席を立つ。

「リィネ、短剣を貸しておくれ。カレンも」

「……はい」「兄さん？　何をするんですか？」

赤髪の公女殿下はやや不安そうに短剣を差し出し、妹は小首を傾《かし》げた。

二人から短剣を受け取り、お願いする。

「リディヤ、結界の強化と的を頼めるかな？」

「ん～」

紅髪《あかがみ》の公女殿下が無造作に左手を振った。

結界が強化され、目標の火球が複数出現したのを見計らい、僕は庭の中程へと歩を進めた。ゆっくりと二振りの短剣を抜き放つ。ティナとリィネが心配そうに叫ぶ。

「せ、先生。そ、その短剣は……」「兄様、気を付けてくださいっ！」

いきなり、炎の大蛇が渦を巻き上空へと駆け上ろうとしたので――制御。

揺らめく猛火を右手の短剣に封じ込め、左手の短剣には雷を纏《まと》わせる。

驚いている年少の公女殿下達へ片目を瞑《つぶ》り、火球に斬撃と突き。

――瞬間、炎と雷が疑似的な剣身を形成し、複数の目標を切り裂き、貫いた。

「「!?」」

見守っていたティナ達が驚き、目を瞬《まばた》かせた。剣身はもう消失している。

それぞれの鞘《さや》に短剣を納め、名前を呼ぶ。

「まず、リィネ」

「は、はいっ！」

赤髪の公女殿下が立ち上がり、緊張した様子で僕を見た。

テーブルの傍《そば》に戻って、短剣を手渡す。

「『七塔要塞《しちとうようさい》』の長塔を破壊したのは御見事だったね。でも――今見せたように、魔力は集束させるよう制御出来れば斬れ味も増す。まずは、疑似的な長剣として運用出来るようになろう。そうなった上でドワーフ族と巨人族に頼んでいるもう一振りの短剣が届いたのなら、君はもっともっと強くなれる。一緒に頑張ろう」

「……はい。はいっ！　兄様‼　頑張りますっ‼」

リィネは頰を紅潮させ、興奮した様子で何度も頷《うなず》いた。

次いで、妹にも短剣を返す。

「カレンは『雷神化《らいじんか》』の更なる進化を目指そう。瞬間的に魔力を集束出来るように。そうすれば短剣の切れ味が戻った時、耐えられる」

「分かりました。……あの、兄さん」

妹が僕に甘え混じりの上目遣い。それだけで察し、花付軍帽の位置を直す。

「王都に戻ったら、なくした制帽の代わりに、東都で約束した僕の制帽を渡すよ」

「……はい」

カレンは尻尾を大きく振りながら、はにかんだ。

ガタリ、と音を立て、ティナが挙手した。

「先生っ！　私にも新しい課題を下さいっ‼」

「ティナは魔法制御一択です」

書簡に書かれていたリサさんの言葉を思い出す。

『ティナの魔力は末恐ろしいものがあるわ。……でも、少々危ういわね』

少女の感情に合わせ、氷華《ひょうか》が舞う。

「何でですかっ！　私も、リィネやカレンさんみたいな課題をしたいですっ‼」

「えーっと……」

この台詞《せりふ》、魔法が使えるようになった頃のリディヤもよく言ってたな。

懐《なつ》かしく思いながらも、僕は答えに窮する。

魔法制御の向上は地道な道のりだ。毎日、毎日、魔法を展開しては消し、展開しては消し……楽しみながらやっていたのは大学校の後輩達くらいだろう。

リディヤが席を立ち、淡々と口を挟んできた。

「我が儘《まま》言うんじゃないわよ。あんたに足りないのは魔法制御。明白でしょう？」

「くぅ……はい…………」

ティナは悔しそうに唇を噛《か》み締《し》め、引き下がった。

紅髪の公女殿下に目で感謝を伝えると、思わぬ言葉。

「あんたはお昼まで少し休みなさい」

「……へ？　リディヤ？？」

変な声が出た。この後は、ティナ達と話そうと思っていたのだけれど。

まじまじとリディヤを見つめると、胸に指を突き付けられた。

「い・い・か・ら！　……どうせ、リリーに私達を託そうとしていたんでしょう？　そんなことしたら、本気で攫《さら》って亡命よ？」

小さな叱責。……バレてたか。

頬を掻《か》きカレンを見ると、心配そうな瞳をしながらも首肯。

アトラの籠を浮遊魔法で浮かべて抱きかかえ、僕は少女達に告げた。

「……分かったよ。お昼になったら、起こしておくれ」

＊

気が付くと、僕は大きな書庫の一室に立っていた。

『えっと……此処《ここ》は…………？』

壁一面に並ぶ本棚。

その一区画には数枚の絵が飾られ、描かれているのは少年と少女。

……まさか。

『久しぶりね、狼《おおかみ》族のアレン』

背筋に凄《すさ》まじい悪寒《おかん》が走り、僕は咄嗟《とっさ》に後方へと全力で跳躍した。

不可視の刃が目の前を通過。前髪が数本犠牲となり、はらはらと落下していく。

僕は顔を顰《しか》め、さっきまでなかったソファーで足を組んで小さな眼鏡をかけ、深紅の長髪と魔法士のローブが印象的な美少女へ剣呑《けんのん》な視線をぶつけた。

【双天《そうてん》】――リナリア・エーテルハート。

今より五百年前、大陸動乱時代における最大の英雄にして、人の到達点。

史上最強の剣士にして魔法士という魔女様だ。

美女の膝上ではアトラがすやすやと寝ている。

……あの子の力か？　それとも、リナリアの指輪のせいか？

訳が分からないものの、一応抗議しておく。

『……いきなりの攻撃は止めて欲しいんですが。僕は貴女《あなた》と違って一介の』

『はいはい、戯言《たわごと》はいいわ。時間もないし、とっとと座りなさい』

軽くいなされ命令される。

嘆息しながら、空いている椅子へ座り、端的に問う。

『……これは夢ですよね？』

『そうね。でも嬉《うれ》しいでしょう？　私の美しい顔が見られて。指輪も外せてないみたいで何よりだわ。フフフ……何時になったら私を超えてくれるのかしら？』

頬杖《ほおづえ》を突きながら、リナリアがからかってきた。

顔を顰めつつも、礼を述べる。

『……黙秘権を行使しておきます。ただ、『篝狐《こうこ》』と『銀華《ぎんか》』には感謝を。それと』

すやすや寝ている白髪の幼女へ目を落とす。

東都での戦いを思い出し、頭を下げて謝罪。

『申し訳ありませんでした。……僕は貴女との約束を、っ？』

いきなり、額を風弾で軽く弾《はじ》かれた。

顔を上げると、リナリアは優しく微笑《ほほえ》んでいた。

『馬鹿な子ね。確かに貴方《あなた》は『アトラを守る』という約束を破ったわ。でも、同時に自らの命まで懸けた。大精霊が『器』を補完する人間なんて、今までに何人いたと？　何より──この子はとても幸せそうだわ。それが全てでしょう？　違うかしら？』

『…………鋭意努力を』

辛《かろ》うじて返事をし、改めて誓う。二度と約束は破るまい。

──アトラを含め『大精霊達を救う』と僕は約束をしたのだから。

紅髪の美女が、ガラリと、雰囲気を変えた。

『さ、本題よ。貴方、このままだと負けるわよ。そして──アトラ達も奪われる』

『……『三日月』はそれ程の存在ですか』

やはり、リリーさんにみんなを託すべきか？

思い悩んでいると、リナリアはアトラの頭を優しく撫《な》でた。

『私は死者。全てを教えられはしない。今だって大分、理《ことわり》を曲げているし──でもね？』

リナリアの真摯な瞳が僕を射抜く。

『私の知る『鍵』が連れていた少女は、吸血鬼に堕ちる程弱くはなかったわ』

『？　何を言って？？』

魔王戦争の英雄『流星のアレン』が連れていたのは、二人の『忌《い》み子』。

『彗星《すいせい》』レティシア・ルブフェーラと『三日月』アリシア・コールハート。

『流星』に救われ、『忌み子』の呪いを解き、魔王本人と直接刃《やいば》を交え生き残った歴戦の勇士達。アリシアは僕達へ本家筋らしい『コールフィールド』と名乗り、髪色も伝承の白銀髪ではなく、黒銀髪だったけれど、言動からして本人なのは間違いない筈《はず》だ。魔王の『剣』らしき物も携えていた。

……僕は何かを見落としているのか？？

リナリアの姿が薄《う》っすらとぼやけていく。

『狼族のアレン。新しい『流星』にして『最後の鍵』。考え、最善を尽くしなさい。既に、答えは出揃《でそろ》っているわ。だって――』

アトラを抱き上げながら、大切なことを教えてくれる。

『貴方は独りじゃないもの。力を貸したがっている者の手を取る勇気を。自己犠牲は確かに気高いわ。でも……貴方が死ねば悲しむ人も多いことを自覚しなさい。かつて、独りで頑張り過ぎた経験者からの忠告よ』

『……有難《ありがと》うございます』

僕は先駆者に御礼《おれい》を言い、手を伸ばしてアトラを受け取る。

空間が崩れていく中、荒れ模様な氷華と踊るような炎羽《えんば》が舞い始めた。

『時間のようね。ふふ……『氷鶴《ひょうかく》』が拗《す》ねているわ。『炎麟《えんりん》』も貴方を気に入っているみたいだし、随分と大精霊達に好かれているじゃない？　うんうん。私の見立ては間違っていなかったわ──女難の相も酷《ひど》くなっているしね★』

『……最後の言葉はいらないと思います。そういう事を言っていたから、生前モテなかったのでは？　危ない箇所を避けて、貴女の日誌を出版しても良いんですよ？』

『女の子を脅迫するなんて、さいてー』

クスクス笑いながら、リナリアが以前と同じように、さらさらと光の粒子状になって少しずつ消えていく。僕はアトラを抱いたまま立ち上がり、お節介な魔女へ叫んだ。

『最後に教えて下さいっ！　貴女はどうして、水竜の遺骸を旧聖堂に封じたんですか？』

全てが光と氷華に包まれていく中、リナリアは静かに返答してくれた。

『……そうしないと、暴走した世界樹の侵食を止められなかったからよ。双竜の封止結界は万能じゃない。『礎石《そせき》』を救う為《ため》、守るべき住民達に言い訳もせず、全ての咎《とが》を背負った、勇敢で優しく……可哀想《かわいそう》な侯王も憐《あわ》れだったし、ね……』

『！　つまり、旧聖堂に封止結界が⁉　暴走した世界樹の侵食？　『礎石』の為に、全ての咎を侯王に？　じ、じゃあ、旧聖堂の奥に眠っているのは――』

＊

目を開けると、僕の頭に手を伸ばす薄蒼髪《うすあおがみ》の少女と目が合った。

「あ……」

小さく零《こぼ》し、見る見る内に赤くなっていく。

しどろもどろになりながら少女――ティナは一生懸命弁明。

「ち、違うんですっ！　ち、昼食が出来るので、先生を起こしに来ただけで……ま、まだ、な、何もしていませんっ！　か、髪に触れていただけですっ‼　先生のシャツを着たりもしていませんっ!!!」

「……後で詳しく罪状を聞きましょう」

上半身を起こし、周囲を確認――隠れ家の一室だ。

隣では何時《いつ》の間にベッドへ潜り込んだのか、アトラがすやすや。時折はにかみ、嬉しそうに獣耳を動かしている。

リディヤに少し休むよう厳命されて、それで……僕はティナへ質問した。

「昼食はメイドさん達が？」

「……いいえ」

教え子の公女殿下は腕組みをした。

むす～っとしながら、拗ねた口調で教えてくれる。

「リディヤさんを中心に、みんなで作っています。私も『手伝いますっ！』って言ったんですけど……リリーさんに締め出されました。遺憾ですっ！　不当ですっ‼」

ハワードのメイド長シェリー・ウォーカーさんの厳命を思い出す。

『ティナ御嬢様に料理をさせてはなりませぬ』

……リンスター公爵家にも伝達されているんだろうな。

諸々を考え、教え子の少女へ勧告する。

「う～ん……残念ですが、弁護はし難《にく》いですね。勝ち目がありません」

「先生の意地悪っ！　もうっ‼」

ティナはますます頰を膨らませ、ベッド脇の椅子に荒々しく腰かけた。

微《かす》かにメイドさん達の歓声が聞こえてくる。昼食が出来上がったのかな？

静かにティナが話しかけてきた。

「久しぶりですね。先生とこうやって……二人きりで話すの」

「そうですね。色々ありましたから」

本来ならば、今頃は王立学校の新学期も始まっていて、僕達は王都で忙しい毎日を過ごしながらも、たくさん話をしていた筈だ。

けれど、オルグレンの叛乱《はんらん》から続く騒動もあり、こうして語らうこともなかった。

……課題は出していたけれど、家庭教師としては失格だな。

内心自嘲しつつ、僕はケレブリンさんに聞いた偉功について聞く。

「氷属性上級魔法の四発同時発動、達成したそうですね」

「はい。全部、先生のお陰です」

魔法の衰退が叫ばれる昨今。王立学校の生徒であっても、卒業までに上級魔法を使いこなせる者が出るのは稀《まれ》。

しかも、四発同時発動ともなれば！

まして、ティナはつい数ヶ月前まで魔法を一切使えなかった。末恐ろしい。

「ティナの努力の賜物《たまもの》ですよ。僕を追い抜くのも――」

「いいえっ！」

突然、薄蒼髪の少女は大きな声を出した。

ベッドで寝ているアトラが「！　？」目を開け、僕を見て、再び目を閉じた。

俯《うつむ》いたティナの身体《からだ》が震えている。

「そんなこと、ありません。……そんなことはないんです」

「ティナ？」

名前を呼ぶと、公女殿下はベッドに縋《すが》りつき、両手で僕の右手を握り締めた。

少女の右手の甲には『氷鶴』の紋章が明滅している。

目を閉じ、祈るような告白。

「――先生は私に『魔法』を与えて下さいました。私は、貴方に初めて会ったあの日から、ずっと、ずっと、貴方の背中だけを目標に歩き続けています。……でも」

顔を上げると、大きな瞳には涙が溜《た》まっていた。

「それだけじゃ、届かない、届かないんですっ！　……前にも言いましたよね？　私は、貴方の隣に立ちたいんです。守られるだけの存在じゃなく」

強い強い訴え。室内に無数の氷華《ひょうか》が舞う。

……この後、言われる言葉は分かる。

「もっと、私を頼ってくださいっ！　もっと、私を使ってくださいっ！　私が未熟なのは分かっています。でも、魔力量なら、リディヤさんにも負けていません。貴方と一緒なら、私は何も怖くなんか――……先生？　どうして、笑っているんですかぁ？」

僕は自然と笑ってしまい、少女に責められてしまう。

アトラの頭を撫で、素直に伝える。

「いえ、夢の中で怒られた通りだな、と。ティナ、手を離してくれますか？」

「……はい」

拒絶された、と勘違いしたのか少女はしゅんとし、僕の手を解放した。

すぐにティナの紋章に触れ、魔力で想《おも》いを伝える――『君を信頼しています』。

「…………あぅ」

僕の言葉が直接伝わったのと、自分からではなく、僕に触られるのは恥ずかしいのか、少女は耳まで真っ赤になって硬直した。

そのまま、パタリ、とベッドへ倒れ込み、アトラを抱きかかえジタバタ。

そんな公女殿下へ、言葉に出し願う。

「今回の敵は想像を遥《はる》かに超えた相手のようです。ティナ――僕に力を貸して下さい」

「――……はい」

ベッドに埋めていた顔を上げ、少女がベッド脇へ立った。

十三歳とは思えない、大人びたとてもとても美しい微笑《ほほえ》み。

「貴方《あなた》の為なら、喜んで――アレン」

「よろしくお願いします――ティナ」

笑い合っていると、アトラが完全に覚醒し、ベッドの上で跳びはねた。

嬉《うれ》しそうに獣耳と尻尾を震わす。

「アレン♪　リナリア！」

「うん、そうだね」

お節介な魔女は『答えは出揃っている』と言った。

つまり……後は僕達次第。

決意を秘めた強い瞳を輝かせているティナへ告げる。

「昼食をとりながら、みんなで話をしましょう。――お節介な魔女様の話を」

第3章

「はい、目を開けて下さい。これでもう大丈夫だと思います」

私──ステラ・ハワードはアトラス侯国の女性騎士が負っていた顔の傷を光属性治癒魔法で癒《い》やし、微笑んだ。

若い女性騎士は頰に触れ『信じられない』という表情になり、俯き嗚咽《おえつ》を漏らし始める。

様子を見守ってくれていた味方将兵と、降伏したアトラスの兵士達がざわつき、二日前の戦闘で半壊した『七塔要塞《しちとうようさい》』内に築かれた大天幕に声が広がっていく。

「聖女様……ありがとう、ありがとうございます」「上級治癒魔法をあれ程容易《たやす》く……」

「皆にも伝えないと」「本物の聖女様だ！」「ステラ・ハワード公女殿下を讃《たた》えよっ！」

意図しない称賛に戸惑ってしまう。私はそんな大それた存在じゃない。

……サリーに、渡された白衣なんて着るべきじゃなかったかも。

「えっと、わ、私は聖女じゃ──」

「貴様等っ！　ハワード公女殿下を困らせるなっ！　さぁ、戻れ、戻れっ！」

紅鎧《あかよろい》を着たリンスター幕下の勇将、トビア・イブリン伯の一喝が大天幕に響き渡った。

『！　も、申し訳ありませんっ‼』

詰めかけていた将兵達が一斉に謝罪し、外へと出ていく。

イブリン伯は私へ小さく会釈《えしゃく》し、後へと続いた。休憩を取れるようだ。

『敵味方関係なく、負傷者を治療します』

自分の言葉を後悔はしていないものの、朝からずっとだったので、多少の疲労を覚える。

……私って、こんなに治癒魔法が得意だったかしら？　ここ最近、光属性の力が強まっているのと、他属性を使うと体調を崩してしまうことに関係が？

ぼんやり考えつつ、私はポケットから蒼翠《そうすい》グリフォンの羽根を取り出した。

――私の魔法使いさん。アレン様に贈られた宝物。

見つめるだけで力が湧き出てくる。私はとても単純な女だ。

早く、お会いしたいな……。

入り口の幕が開き、ブロンド髪で普段通りメイド服を着た少女――私の妹であるティナの専属メイドで、ハワードを長きに亘《わた》り支え続けてくれているウォーカー家の跡取り娘であるエリーが飛び込んで来た。

アレン様が『天使』と評する、みんなを明るくしてくれる笑み。

「ステラ御嬢様、お疲れ様ですぅ～。今、お紅茶をお淹《い》れします！」

私の為《ため》に水都に残ってくれた、可愛《かわい》いメイドがすぐさま準備を始めてくれる。

そんなもう一人の妹同然な少女に私は労《いたわ》りの言葉をかけた。

「御苦労様、エリー。貴女《あなた》も休んでね？　外で負傷者の治療をしていたんでしょう？」

「は、はひっ！　でも、シーダちゃんが手伝ってくれたので、大丈夫ですっ‼」

シーダはリンスター公爵家のメイド見習いで、月神教という珍しい宗教を信じている少女だ。臨時でエリーの仕事を手伝ってくれている。長机に手を置き、呟《つぶや》く。

「ティナ達はアレン様やリディヤさんと合流出来たかしら……」

目の前に、小さな紅い小鳥の描かれたソーサーとカップが置かれた。

エリーが丁寧に紅茶を注いでくれる。北方産とは違う異国の香り。

「水都は、まだ大規模な魔法通信妨害下にあるみたいです。どうぞ」

「……そう。エリー、一緒に飲みましょう」

「は、はひっ」

妹同然の少女が私の隣へ腰かけるも、二人して無言。

蒼翠グリフォンの羽根を仕舞い、名前を心中で呼ぶ。……アレン様。

足音がし、入り口の幕が開いた。

「ステラ、エリー、そのような顔をするでない。好いた男が戦場に赴いておるのだぞ？」

神々《こうごう》しいまでに美しい翡翠《ひすい》髪と尖《とが》った耳。均整の取れている肢体。身に纏《まと》っているのは、薄手の淡い翡翠色の物。

――『翠風《すいふう》』レティシア・ルブフェーラ。

二百年前の魔王戦争において、狼《おおかみ》族の大英雄『流星』の副官を務められた、エルフ族の生ける伝説だ。要塞攻略戦においては東都から強行軍で参陣され、敵の使徒を退《ひ》かせた。

「！　レ、レティシア様……す、好いたって……」

「あぅあぅ……そ、そんな大それたこと……」

二人して頬に手をやり、いやいや、と頭を振る。

私はアレン様を――……いけない。いけないわ、ステラ。これ以上、考えてはダメ。

絶対に否定したくはないけれど……言葉にしたら、もう歯止めが利《き》かなくなるわよ？

エリーと一緒に悶《もだ》えていると、エルフの美女は私達の前の席へ腰かけた。

「レティで良《い》いと言っておろうが？　――言わずとも分かっておる。乙女の恋路を邪魔する程、無作法者ではないからの。我とて、かつてはそうであったのだぞ？」

「「……う～」」

私達は唇を尖らせながら、向き直る。

……そんなに分かり易《やす》いのだろうか？

レティ様が歴戦の将軍の御顔になられながら、お茶菓子を手に取られる。

「リサとも協議したが、やはり水都への早期大規模進攻は望めぬ。アトラスの民へ物資を供給せねばならぬし、グリフォンが足りぬ。一気に守るべき戦線が広がったからな」

アトラス侯国の連合離脱と電撃的な講和の申し入れはリンスター公爵家に大混乱を巻き起こしている。私は捕虜達に聞いた情報を披露した。

「残る北部の四侯国は徹底抗戦の構えを見せていると聞きました。水都にいた侯爵達も、アトラス侯を除き自国へ帰還したとも。……仕方ないこと、かと」

「フ、フェリシアさんの御仕事も大変だって、聞いています。……でも」

私とエリーの言葉は、内容と裏腹に沈む。

――リンスターの早期直接進攻は不能。

ティナ達が合流しても、アレン様達は難しい決断を迫られる。

レティ様は、自ら紅茶を淹れながら呵々《かか》大笑。

「くっくっくっ……全く納得しておらぬようだの？　汝等《なんじ》は自ら水都行きを断ったと聞いたが、アレンを心配に想う心は止められぬか」

「……レティ様」「……そ、そういう言い方は、その……」

アレン様のことは心から信じている。多分――自分自身よりも。

でも、あの御方だって人間だ。戦い続ければ傷つかれる。

……もし、もしも、あのアレン様の身に何かがあったら、私はっ！

エルフの英雄様は手を軽く上げられた。

「すまぬ。だが――大丈夫だ。リンスターとハワードは恩を忘れぬ。ルブフェーラ、西方諸部族もだ。アレンや『剣姫《けんき》』を死なせはせぬよ」

「「………はい」」

王国の三公爵家が対応を協議しているのであれば、信じる他はない。

レティ様は私とエリーの視線を受け、淡々と零《こぼ》された。

「……それにしても、『三日月』アリシア・コールフィールド。『黒花《こっか》』イオ・ロックフィールドとはな。カレン達が出立する前に、話をしておきたかったが……兵は拙速を尊ぶとはいえ、ちと先走り過ぎよ。本陣へ我が戻るまで待っておればよいものを……」

『七塔要塞』攻略後、レティ様は各部隊を臨時に指揮され、アトラス侯国侯都セツへと突進された。その結果――侯爵の末弟はあっさりと全面降伏に応じたのだ。

「レティ様、その……『三日月』が吸血鬼に堕《お》ちた、というのは」

「堕ちてなぞおらぬ」

即座の断言。エルフ族の勇士が鋭い眼光を私へ叩《たた》きつける。

「アリシアはそのような惰弱な者では絶対にない。仮に、そうなりそうならば——自ら首を刎《は》ねておる。我が盟友はそういう女だ」

「で、でも……アレン先生とリディヤ先生が水都で戦われたと、ケレブリンさんが……」

エリーがおどおどしつつも、口を挟んできた。

昔だったら、黙ったままだったわね。アレン様のお陰かしら？

紅茶を一口飲まれ、レティ様が天幕の上を見つめられた。そこにあるのは哀切。

「……アリシアは強い娘であった。その強さ故、血河《けつが》で命を落とした。だがな？」

音もなくカップを置かれ、見解を述べられる。

「『コールフィールド』とは絶対に名乗らぬ。あ奴は、『コールフィールド』を、自分を捨てた本家を心の底から憎んでおったからの。人には死んでも絶対に譲れぬ一線がある。ハワードとウォーカーを継ぐ汝等ならば、理解出来よう？」

「「…………はい」」

公爵家とそれを支える名家に生まれた私達は、断ち切れない柵《しがらみ》を抱えている。

同時に疑念が浮かび、質問。

「では？」「水都に現れた『三日月』は……？」

「偽者《にせもの》。そうとしか思えぬ。――……『真っ赤』な、ではないだろうがな」

「？」

含みのある言い方に私達は小首を傾《かし》げた。

答えを待つもレティ様はこの場でこれ以上、語られるつもりはないようだ。

「『七塔要塞』に現れた『黒花』なる魔法士も剣呑《けんのん》ぞ。魔王戦争後、我等《われら》の先代達は仄暗《ほのぐら》いことをしておった。チセとイーゴンは頭を抱えておろう。あと――『流星旅団』と我がルブフェーラ及び西方諸家、ハワードの各軍は王都郊外の布陣を完了したそうだ」

チセ・グレンビシー。半妖精族の長《おさ》で、戦略転移魔法を操る大魔法士。

イーゴン・イオ。竜人族の長で、その戦績だけで一冊の本となる勇士。

……『黒花』はその二部族に関係している？

アレン様とリディヤさんを弾劾した王都の情勢も、最終局面が近いようだ。

レティ様が顎に手をやられて、ニヤリ。

「西方の各部族長は、アレンとの約定を早く履行したくて急《せ》いておるからの。調整を行わせておるレオには良い教練となろう。……あ奴、ここまでを見越しておったのやもな。うむ。やはり、我がルブフェーラ、最優の娘を！」

「「駄目ですっ‼」」

私とエリーはその場で立ち上がり、一緒に叫んでしまった。

──すぐに羞恥が追いついて来る。

「あ……」「あぅ……」

椅子に座り直し、身体《からだ》を小さくし、俯《うつむ》く。

わ、私ったら、何を、何をっ！　エリーの顔も真っ赤だ。

「ククク……真《まこと》、罪作りな男よのぉ。『アレン』ですら、ここまではなかったぞ？」

「「…………う～」」

私達は顔をまともに上げられず、照れ隠しで紅茶へ砂糖を多めに入れた。

……アレン様、貴方《あなた》のせいですよ？　お会いしたら、沢山、沢山、お説教します。

心中で決意を固めていると、緊張仕切った声がした。

「し、失礼します」

大天幕内に入って来たのは、黒い魔女帽子を被《かぶ》った小柄な少女。

服装は魔法士風で手には木製の長杖《ちょうじょう》。肩には黒猫が乗っている。

「貴女は……」「テト・ティヘリナ御嬢様《おじょうさま》とアンコさん？」

オルグレンの謀反《むほん》時、王都攻略戦で顔を合わせた、大学校で教授の研究室に所属しているアレン様とリディヤさんの後輩だ。

今は、シェリル王女殿下の護衛を臨時で務めていると聞いていたのだけれど……。

年上には見えない少女は、おずおずと窘《たしな》めてきた。

「……テト、で構いません」

「そ、それじゃあ……『テト先輩』って呼びますね♪」

エリーの返答に少女は瞳を大きくし、恥ずかしそうに帽子のつばをおろした。

「……あ、ありがとうございます、エリーさん」

「はひっ！」

二人の間にほんわかした空気が流れる。

テトさんはアレン様に可愛がられているらしいし、気が合うのかもしれない。

「ティヘリナの娘よ、そろそろ良いか？」

レティ様が苦笑されながら、先を促された。

年上の少女は慌てて、取り繕うように咳払《せきばら》い。

「こほん——教授の御指示により、私達研究室の面々は、シェリル王女殿下の臨時護衛を務め南都へ移動する予定でした。ですが、のっぴきならない事情が出来《しゅったい》しまして……。アンコさんもやって来られたので、私だけ先発しました。すぐに水都へ向かいます」

「のっぴきならない」「じ、事情？」「……ふっ」

私とエリーはまじまじと年上の少女を見つめ、レティ様は得心された。

入り口の幕が開き、

「──ん。私の道案内に指名した。狼聖女、甘い物が欲しい」

時が停《と》まる。

長い白金髪に金リボン。人形の如《ごと》き美貌で、小柄な身体に纏うのは純白の剣士服。腰に提げているのは漆黒の鞘《さや》に納まっている古い剣。


──『勇者』アリス・アルヴァーン。


私とエリーは驚愕《きょうがく》し、椅子を倒しながら立ち上がり、叫んだ。

「！　ア、アリスさんっ⁉　ど、どうして……」「あぅあぅ」

美少女は欠伸《あくび》をした後で、腕組み。胸を張りながら、目を細める。

「『勇者』の責務。魔女っ子が、一番アレンの気配がした。真っ黒王女は完全に敵だったから却下した。……そこにいる敵も却下。同志と同志その二、カレンは水都？」

「え、えーっと……」「あぅあぅ、ひ、酷《ひど》いですぅ」「一番？　……ふふ♪」

私は戸惑い、エリーは半泣きになり、テトさんは小さく拳を握り締めた。

この美少女は胸の大きな子を敵視し、ティナやリィネさんと仲が良《い》いのだ。

レティ様が端的に問われる。

「水都の事態はそれ程までに深刻か？　当代の『勇者』殿？」

テトさんの肩からアンコさんを抱き上げ、何でもないかのように美少女が聞く。

「風の姫。貴女《あなた》も来る？　憐《あわ》れな偽者の鬼の始末をつけに」

「そのつもりぞ。……『アレン』と『アリシア』も望んでおろうからの」

「……ふ～ん」

二人が哀《かな》しそうに目を細めた。……偽者。じゃあ、やっぱり『三日月』は。

アリスさんが私とエリーを見た。

「狼《おおかみ》聖女、樹守《きもり》の末娘。貴女達も準備をしておいて。事が終わった後で、アレンはきっと貴方達の助けを必要とする――私の勘は外れない。これはそういうものだから」

＊

「……貴様、今の状況を本当に理解しているのか？　狼族のアレン？？　この期に及んで、天体観測でもするつもりかっ！」

ニケが隠れ家へ再びやって来たのは、光曜日の夕刻近くだった。後方に伴っている極々淡い橙《だいだい》髪の若い女性は、窓の外の内庭を見つめ困惑しきっている。

そこでは、リディヤとティナ達。アトラを肩車したリリーさんが魔法式を並べて天球に関する大規模検証を実行していた。

僕はニコロが新しく解読してくれたメモに目を走らせ、左手を振る。

「必要な検証なんですよ。聖霊教の目的をはっきりさせる為《ため》に、ね」

聖霊教は明日の『闇曜日』に固執している。

そして、リナリアの忠告の一節『双竜の封止結界は万能じゃない』。

現在までに集まった各情報を組み合わせた僕の仮説は——

『旧聖堂の地下には『礎石《そせき》』と呼ばれるモノが眠っていた』

『それに対し、最後の侯王は『何か』をし——大樹と呼ばれている世界樹の子が暴走。水都旧市街は壊滅。次いで新市街を呑《の》み込むのを防ぐ為、双竜の結界が張られた』

『けれど、その結界すら破られる事態が発生。リナリアが改めて水竜の遺骸を安置した』

というものだった。

事実だとするならば、『双竜の結界』が弱まった切っ掛けが必ずある。

問題はどうやって、探るかだったのだけれど……ニコロが一部解読してくれた、ローザ様のメモをニケへ差し出す。ティナにはまだ、記載者を伝えていない。

「今より、約五百年前の大陸動乱時代、水都では一度太陽が隠れたそうです。今はその現象が明日起こるかどうかの検証をしてもらっています」

「……何だと？」「え？」

青年と女性が困惑した表情になった。解読部分を指でなぞり、投影する。

『太陽が隠れたその日、水竜と花竜の封止結界は極限まで弱まった。次に弱まる時、私は水都に来て、更に二つの結界を越えて『礎石』に会えるだろうか？』

聖霊教の狙う『礎石』は三つの結界に守られているようだ。

そして――双竜の結界は太陽が隠れる日に弱まる。

明日の闇曜日にそれが起こるのを明らかにすれば、先手を取れる。

持つべき者は相方と優秀な教え子達と妹。自称メイドさんだ。

僕は座ろうともしていないニケへ苦笑。

「時間もないですし、そちらの方を紹介願います。ああ、ニコロ君とトゥーナさんには調べものをしてもらっています。本気で僕から、リンスター公爵殿下に推薦しても？」

青年は軽口に付き合ってくれず、苦虫を噛《か》み潰したかのような顔になった。

「……ロア・ロンドイロ侯爵令嬢だ」

「アレンです。家庭教師をしています。庭にいるのは、『剣姫《けんき》』と僕の教え子達と妹。リンスターのメイドさんです。教え子達と妹は先程『七塔要塞《しちとうようさい》』から到着しました」

侯爵令嬢の長い睫毛《まつげ》が動き、錆《さ》びついた人形のように、ニケを見やる。

瞳には『……嘘《うそ》でしょう？』。青年が僕を睨《にら》みながら吐き捨てる。

「事実だろう。教え子達の名前も聞かない方が、精神衛生上良いに決まって――」

「この程度で一々驚いているんじゃないわよ。とっとと用件を話しなさい」

一人、室内に戻って来たリディヤが悠然と僕の隣へ腰かけた。呆《あき》れた口調で言い放つ。

紅髪《あかがみ》の少女へ視線を送るも、余所《よそ》行き用のお澄まし顔だ。

ニケは幾度か呼吸を繰り返し、言葉を絞り出した。

「十三人委員会の開始時刻が決定した。明日正午、中央島大議事堂にて開催される」

……泣いても笑っても、動けるのは今日まで、か。

ニッティの侯子へ素直に感想を伝える。

「状況が変化していない以上――統領、副統領、北部のアトラス、南部のカーニエン、ホロント侯以外は参加されないのにわざわざ開催を？　随分と形式的ですね」

「……それだけ舐《な》められているのだっ！　誰一人として集まらぬかもしれぬっ」

大規模魔法通信妨害の再開から、『黒花《こっか》』の水都帰還は確実。

ならば――『三日月』も同様だろう。僕は淡い橙髪の少女へ話しかけた。

「ロンドイロ侯爵令嬢」

「ロア、と。面倒です」

サキさんの資料を思い出す。『ロア・ロンドイロ侯爵令嬢は、近日中に侯爵となるに足る才覚を十分に持ち合わせています』。才女、か。

「では――ロア。カーライル・カーニエンとカルロッタ・カーニエンの人となりを教えてくれないでしょうか？」

「……何故《なぜ》です？　必要だとは思えませんが？」

侯爵令嬢の瞳に猜疑《さいぎ》が漂う。

僕は資料を読み込み得た理由を説明する。

「各情勢を見聞するに、カーライルは優秀な御人です」

侯国連合の諸制度はウェインライト王国を凌《しの》ぐ。

姓無しだろうが、獣人だろうが、優秀であれば階段を登っていけるようになっている。

──だが、それでも何の後ろ盾もなければ、侯爵家に婿入りは出来ない。

「にも拘《かかわ》らず……『水竜の館』では稚拙で強引な襲撃を行いました。ロンドイロ侯を含む南部四侯への対応も同様です。……まるで、何かに焦《あせ》っているかのように」

彼の経歴に過去の彼を理解出来る情報は極めて乏しかった。

おそらく、彼は侯国連合内でも、決して高い地位の出ではないのだ。

暫《しば》くして──侯爵令嬢が重い口を開いた。

「……カーライルは、学生時代から将来を嘱望されていました。ニケ・ニッティと並び、侯国連合の将来を担《にな》うと噂《うわさ》される程度には。カルロッタは明るい子で、花と歴史が好きな子でした。……魔法学校卒業後は疎遠になりましたが」

僕は頷《うなず》き、メモに今の話を書き記す。……花と歴史が好きな侯爵令嬢、か。

「結論を言います。僕はカーライルの視野に、侯国連合、水都、そこに住まう人々、政争の結果得られる権力……それらの何一つとして、入っていないのではないかと推察しています。あるのは、唯《ただ》一つだけ──」

カーライルの動きを纏《まと》めて気付いた。

彼の行動原則はある時期から大きく変化している。ニケとロアと視線を交える。

「『カルロッタ・カーニエンの病を癒《い》やす』。その一点のみを求めて彼は行動している」

「……馬鹿なっ」「……あり得ないわ」

侯子と侯女が悲鳴に近い呻《うめ》きを上げ、激しく動揺。

一人の人間としてならば、容易に理解は可能でも、カーライルはカーニエン侯爵。奥さんの為に、国すら喪《うしな》っても構わない、と考えているなんて、誰も思わない。

ロアがよろめき、椅子の肘当てを摑《つか》み、呟《つぶや》いた。

「『連合の侯爵は、ただ民の為にあり』──それこそが、私達、侯爵家に生まれた者の矜《きょう》持《じ》。私は御祖母《おばあ》様にそう教わった……。なのに、病に冒された妻の為に、国を、民を聖霊教に差し出したの⁉　そんなの……そんなのってっ！」

「あら？　前例者がいるじゃない。領民を見捨てて、水都に逃げたアトラスとベイゼルの侯爵はそんなこと、考えてもいないでしょう？」

「っ！」

リディヤの容赦ない指摘にロアは言葉を喪い、顔を伏せた。

権力は必ず腐敗する。

軍事権を持ちながら、腐敗を拒絶してきた王国の四大公爵家の方が異例なのだ。

顔を引き攣《つ》らせているニケを見やり、続ける。

「学生時代の彼は確かに優秀だったのでしょう。侯爵を継承した後も同様です。……けれど、それ以前が一切分からない」

サキさんとシンディさん達が探っても、カーライルの前半生は真っ白。付言には『情報抹消の可能性あり』とあった。

……どう考えても、おかしい。

「先代カーニエン侯爵の資料も読みました。侯は一人娘の相手として、然《しか》るべき家柄の人物を婿に探していたようです。しかし、彼と出会って以降はその案を放棄している」

先代侯爵は歴史と家柄を重んじる人だったようだ。

そんな人が、大事な一人娘を幾ら優秀でも、カーライルに預けるだろうか？

僕は身体《からだ》を硬くしている、淡い橙髪の少女と目をしっかりと合わせた。

「そこで——ロア。貴女に聞きたいんです。侯爵令嬢とホッシ・ホロント、僅かな老臣を除けば、カーライルと同級生だったカルロッタの人となりを知っている、貴女に」

「…………はぁ」

暫くして、少女は深い溜《た》め息《いき》を吐《つ》いた。

「ニケ、貴方《あなた》が王都でこの方に出会った際の衝撃、多少なりとも理解しました。……世界は私が思っている以上に広いみたいです『光姫』だけで良かったのに」

「……ふんっ」

ニケは吐き捨て、僕を睨んだ。……シェリルの話はしない方が良さそうだな。

目線でロアに先を促すと、ゆっくりと話し始める。

「カーライルは、十三自由都市との戦役で没落した連邦貴族の養子でした。極秘亡命だった為、情報が残っていないのでしょう。義理の父親の教育は厳しく、『お前は何《いず》れ侯王になるのだ』と繰り返し殴られた、と聞きました。学院に入る頃、亡《な》くなられたとも」

「……侯王ですか？　侯爵ではなく？？」

つまり――カーライルは水都の秘された歴史を幾許《いくばく》か知っている？

顔を伏せて床を見つめ、ロアが言葉を吐き出す。

「学院内で一時期、彼と一番近しかったのが私だったのは事実です。ただ……心を完全に開いてくれた、とは思いません。彼は……カーライルは何処《どこ》までも独りでしたから……」

かつて、侯国連合は『侯王』によって治められていた。

その内、現在の世で知られている血統は『ピサーニ』と『ニッティ』。

そして、名が分からなくなっているもう一家。僕は思考を戻す。

「けれど、カルロッタ・カーニエン侯爵令嬢と婚姻されてから、彼は変わった」

ロアが儚《はかな》い笑みを浮かべ、頷いた。

庭で侃々諤々《かんかんがくがく》に意見を戦わせているティナ達を見て、目を細める。

「……カルロッタが病に臥《ふ》せる前、水都郊外の高台にある屋敷《やしき》に一度だけ呼ばれたんです。『完成したら此処《ここ》は『約束の花園』になるの！』と嬉《うれ》しそうに話す彼女に寄り添う彼の優しい瞳……別人かと思いました。その時、私は初めて気づいたんです。あの人は、私に本当の自分を見せていなかったんだって。——……同時に、私が彼を本気で」

室内に静かな嗚咽《おえつ》が漏れた。

リディヤが咎《とが》めるように左袖を引っ張ってきた。ロアに謝罪。

「有難《ありがと》うございます。十分です。……すいませんでした」

「……いえ」

罪悪感に苛《さいな》まれるも、確信を得る。

カーライル・カーニエンは侯爵の器にあらず。なれど……勇気を持つ者である。

彼は自分を救ってくれた人物の為《ため》ならば、自らの命すらも軽々に捨てる人物だ。

そして、『約束の花園』——か。

両手を少しだけ上げ、薄青髪の青年へ提案。

「ニケ、カーライルに直接会えませんか？」

「書簡を送ってある。奴《やつ》は愚か者ではない。土壇場《どたんば》で考えを改める可能性は零ではあるまい。……交渉材料として、貴様の名前を出した。話は終わりだ」

そう一息に言い切り、青年は入り口へと向かった。

ロアは僕とリディヤへ会釈《えしゃく》をし「……私も最大限の協力を」と短く告げ、後を追う。

扉を開け、廊下へ出ようとするニケの背中に言葉を投げかける。

「最後に――君とニコロ、トゥーナさんは国外へ脱出しますか？　まだ間に合います」

動きを止めた青年は肩越しに僕を見た。ほんの微《かす》かな――微かな笑み。

「貴様は東都でどうした、狼《おおかみ》族のアレン？　劣勢を誰よりも知りながら、重包囲下の獣人達を助ける為、近衛《このえ》騎士と共に死戦場を駆けたのではないか？　それが答えだっ！」

バタン、と扉が荒々しく閉まった。……一本、取られたな。

東都での僕の行動を把握しているとは思わなかった。ニケは逃げまい。

隣のリディヤがニヤニヤしているのを横目で見ながら、名前を呼ぶ。

「ニコロ、トゥーナさん」

「は、はいっ！」「も、申し訳ありません」

庭の樹木の陰に隠れていた少年と、エルフの美少女が慌てて部屋の中へ入って来た。

構わず、事実を告げる。

「明日、水都は戦場になります。君達は今晩中に――」「残ります」

ニコロは僕の視線をしっかりと受け止め、はっきりと拒絶の意志を示した。

胸に手を置き、背筋を伸ばす。一歩下がっているエルフの美少女の瞳は潤んでいる。

「卑小非才の身ではありますが、僕の名前はニコロ・ニッティです。守るべきは水都の民。

――メモの解読に戻りますね。行こう、トゥーナ！」

「し、失礼致します」

再び扉が閉まり、部屋が静寂に包まれた。僕は頭に手をやり、愚痴を零《こぼ》す。

「……困った、これだから、頑固者な兄弟はっ！」

「あんたが言っていい台詞《せりふ》じゃないわね。少しは反省しなさーい」

「……うぅ」

紅髪《あかがみ》の公女殿下に頬を突かれ、僕は呻いた。

――聖霊教の目標にニコロは間違いなく入っている。守らないと。

ティナの弾んだ声が飛び込んできた。

「先生～！　お話、終わりましたか～？　面白い事が分かりました～‼」

僕はリディヤと頷き合い、庭へと歩き始めた。

――最善を尽くそう。たとえ、相手が恐るべき怪物達であっても。

＊

「くふぅ～……気持ち良いですぅ………リィネ、上手ですね～」

「ティナ、寝ないで下さいよ？　交代制ですからね」

私は綺麗《きれい》な薄蒼髪《うすあおがみ》にブラシをかけながら、ふわふわしている首席様へ念押ししました。

夕食後、明日に備え早めの入浴を終えた私達は用意された部屋へと戻り――私はティナと、カレンさんはリリーと互いに髪を整えあっています。みんな、寝間着姿です。

本当は兄様も一緒だったら良かったんですが……アトラを連れて別室。

窓際《まどぎわ》で、昼間纏めた資料を静かに捲《めく》っておられる、白い寝間着姿の姉様は今日までずっと……ちょっとだけ、ズルいと思ってしまいます。

近くのソファーでは、リリーがカレンさんの輝く灰銀髪を梳《す》いています。

「ふふふ～♪　カレン御嬢様の髪はサラサラで気持ち良いですねぇ☆」

「ありがとう、ひゃっ！　リ、リリーさん、耳は止《や》め、ひぅ……そこは兄さんしか――」

……聞いている方が恥ずかしくなってきました。

ティナも同じ気持ちだったようで、口元を手で押さえ、ちらちら、と二人を見ています。

エリーがいない今、私がこの子を守らないといけません。

「リリー、いい加減にしなさいっ！」

「は～い☆」

従姉《いとこ》は息も絶え絶えのカレンさんを解放し、テキパキと紅茶の準備を開始しました。着ている淡い紅色の寝間着生地が薄いせいか、胸の双丘がより目立っています。

――……凶器ですね、あれは。とびきりの。

親の仇《かたき》のようにリリーの胸を睨《にら》むティナにブラシを渡し、今度は私が椅子に腰かけると、姉様が資料を見られながら口を開かれました。

「あんた達、余りはしゃぎ過ぎないようになさい。明日に支障が出るわ」

「「はぁい」」「わ、分かって、います……」「万事、お任せですぅ～♪」

大きな窓の空には三日月と大きな彗星《すいせい》。とても平穏です。

明日、今次南方戦役の帰趨《きすう》を左右する決戦が起こるとはまるで思えません。

従姉が私達に紅茶を配る中、姉様が資料を丸テーブルに置かれました。

「リリー、水都の地図を出して」

「了解です～♪」

紅茶を配り終えた従姉はベッドに登り、クッションを抱えながら左手を振りました。

──部屋の中心に大きな水都の地図が投影されます。

「地理を確認しておくわ。今晩中に頭に叩《たた》き込みなさい」

「「はいっ！」」

姉様の言葉に、私とティナ、カレンさんは背筋を伸ばし、頷《うなず》きました。

北にニッティの書庫があった旧市街。

大運河に南北を貫かれている新市街は北から──『勇士の島』『大図書館』『七竜《しちりゅう》の広場《ひろば》』『猫の小路《こみち》』『旧聖堂』『大議事堂』『海割り猫亭』。最南端は『水竜の館』です。

姉様が細い指で北寄りの地区を叩かれました。胸の真新しいペンダントが光ります。

「私達が今いるのは『猫の小路』。水都獣人族の地よ。決戦場になるのは──中央島。この島には『旧聖堂』と『大議事堂』がある。字義通り侯国連合の中枢。此処を押さえれば後は捨て置いても構わない──私が敵将ならそう考えるでしょうね」

「同時に私達から見れば、足場が容易に確保出来る場所でもあります」

カレンさんが姉様の言葉を引き取られます。

その首筋には細い銀の鎖。兄様から贈られたペンダント。……いいな。

私とティナの視線に気づかず、狼族の少女が意見を述べられます。

「水都は開けた場所が少なく、水路と橋ばかり。他に広い場所となると、北の『勇士の島』。旧聖堂前の『贖罪《しょくざい》の広場』、中央島手前の島にある大橋だけです。敵の数が確実に私達よりも多いと想定される以上、大火力を活用したいですし、丁度良《い》いと考えます」

対して姉様は口元を吊《つ》り上げられました。

『剣姫《けんき》』リディヤ・リンスターの面目躍如たる、圧倒的な自信を露《あら》わにされます。

「形骸化した侯国連合軍は無視しても構わない。私達の敵は気持ちの悪い聖霊教の連中よ！　昼間の天体予測が正しいならば」

地図が一瞬で消え、時計と月の動きが投影されます。

——ある時刻に太陽と月が重なる。

「明日の正午丁度に陽は完全に欠ける。奴等《ら》はそれに合わせ、『旧聖堂』で何かをするつもりよ。古い儀式魔法の発動でも企《たくら》んでいるんじゃないかしら？　ニコロを狙っているのはその為でしょうね。襲撃の際、使徒が『贄《にえ》』と口走っていたし」

日蝕《にっしょく》・月蝕《げっしょく》を用いて、特別な儀式魔法を発動させる。

御伽話《おとぎばなし》によく出てきはしますが、実物を見たことはありません。

「……姉様、ニケさんとニコロさんは水都を脱出させた方が良いんじゃありませんか？　使徒を名乗る者達は各戦場で『血』を媒介にして、禁忌魔法を使ってきています」

「リィネの意見に賛成します。逃がせば、少なくとも目論見《もくろみ》の妨害は出来ます！」

私とティナは敢《あ》えて提案しました。今ならまだ、脱出させることも可能です。

けれど……姉様は頭を振られ、私とティナへ厳しい視線を向けられました。

「あいつも提案していたんだけれど……出来ないわ。リィネ、小《ち》っちゃいの、覚えておきなさい。貴種と呼ばれる家に生まれた者は、自身よりも民を守る責務がある。ニッティ家は侯王の血統を今の時代まで残す名家。その嫡男と次男が、災厄が降りかかるかもしれない水都を見捨てて逃げる――そんな家の者に民は敬意を持ち続けてくれると思う？　怯《きょう》懦《だ》は時に罪になる。勇敢でありなさい。無謀は駄目だけどね」

怒られているわけではないのですが、緊張感で肌がひりつきます。

ティナも同じようで、前髪が、ぴんっ！　と立ちあがりました。

「「……はい！」」

私とティナが寝間着の袖を握り締め、決意を新たにしていると、リリーがお茶菓子の小皿を配りながら、のほほんと口を挟んできました。

「そもそも何処《どこ》へ逃げるのか？　という根本的な問題もありますしね～。『黒花《こっか》』は転移魔法も使うので、下手に逃げても無駄だと思いますぅ～」

「私達と一緒に行動するのが一番安全、と……ニケ・ニッティはそこまで読んで？」

カレンさんが姉様に疑問を呈されました。

小さな布袋《ぬのぶくろ》から、わざわざクッキーを取り出された姉様が評されます。

……あのクッキー、サキとシンディの話だと、兄様の手作り、とか。

「さぁ？　でも、あいつは守る気なの。なら、答えは一つでしょう？」

『……確かに』

兄様がそうされたいならば、私達に否応《いやおう》はありません！

気合を入れていると、ティナが姉様に近づいていきます。

「諸々《もろもろ》了解です。それはそうと――リディヤさん。そのクッキー、私にも……」

「？　どうしたのよ？？　変な顔をして」「ティナ？」「どうしたんですか？」

至近距離まで近づいた首席様が突然の沈黙。

姉様が怪訝《けげん》そうな顔をされ、私とカレンさんも様子を窺《うかが》います。

クルリ、と一回転し、深刻そうな顔で私達を手招きしました。

姉様はきょとんとしたままクッキーを齧《かじ》られ――幸せそうに表情を綻ばせています。

「……リィネ、カレンさんこっちへっ！　リリーさんはいいですすっ！」

「『？』」「仲間外れですかぁ～？」

理解出来ないまま、私達はティナへ近づきます。

すると、薄蒼髪の少女は無言で姉様へもっと近づくよう手で指示してきました。

いったい何をさせて――……私とカレンさんは姉様の顔をまじまじと見つめました。

「……ち、ちょっと、あんた達？」

戸惑われる顔ですら整っていらっしゃるのは反則が過ぎる、と思いますが……今はそれどころじゃありません！　私達三人は集まって議論します。

「……どうですか、リィネ？」「……兄様と同じ匂いがします。カレンさん？」「兄さんと同じ石鹸《せっけん》と洗髪剤の香りです……昼間と違う物を使っている、と思ったら」

一斉に顔を上げ、姉様へ判決を下します。

「「「有罪！」」」

ズルいです。私だって、兄様と同じ石鹸や洗髪剤を使いたいですっ！

嫉妬と抗議の意味を込め、腕組みされている姉様へ視線を叩きつけます。

――普段なら、機嫌を悪くされるのですが。

「馬鹿ね。そもそも、あいつは私の。ずっと前から決まっていることでしょう？」

圧倒的な余裕を見せつけられてしまいます。

兄様、姉様にペンダントを贈られただけじゃなく、何を言われたんですかっ⁉

ティナが私を一瞥《いちべつ》しました。

「……リィネ」「……ええ。カレンさん？」「……偶《たま》には良いでしょう」

氷華《ひょうか》、炎片、紫電が室内に舞い散り始め、私達は臨戦態勢を取ります。

サキの張っている結界は極めて強固。多少、暴れても外部に漏れる心配はありません。

対して、姉様は上機嫌なまま。右手を軽く振って『とっととかかってきなさい♪』と挑発してきます。許せませんっ！

私達が挑み掛からんとした――次の瞬間でした。

魔力が掻《か》き消え、リリーが私達の間に割って入りました。兄様の魔法介入⁉

「みなさ～ん♪　喧嘩《けんか》は駄目ですよぉ～？　――……あ、でもぉ？」

ベッドに座り、クッションを抱えているリリーが含みのある笑みを浮かべました。

……忘れてはいけません。この子もまた『リンスター』。

時に姉様すらも翻弄し、何より兄様とも妙に仲良しな年上従姉なのです！

「ティナ御嬢様は蒼《あお》のリボン。リィネ御嬢様は炎蛇《えんじゃ》の短剣。カレン御嬢様は短剣とペンダントを贈られていますけどぉ～――懐中時計をお持ちのリディヤ御嬢様を除けば、お揃《そろ》いの、しかも常に肌身離さず腕輪を持っているのは私ですしぃ～？」

「「「有罪その二‼」」」

私達は新たな敵に宣戦を布告しました。リリー、許すまじっ！

ですが、何時《いつ》もなら参戦してこられる姉様は、ここでも余裕の表情のまま。

「別にその程度で嫉妬なんかしないわよ。私は寛大なの」

「「「…………」」」

私達は思わず黙り込みます。

……やっぱり、姉様の精神状態、かつてない程安定しているような？

全員で対応に窮していると、

「♪」

入り口の扉が開き、長い白髪の幼女が突然飛び込んできました。

そのままベッドによじ登り、楽しそうに歌い始めます。

「「え？」」「……」「どうしたの？」「アトラ御嬢様《おじょうさま》ぁ？」

カレンさん以外のみんなで幼女へ質問しますが、尻尾を嬉《うれ》しそうに揺らすばかり。

開けっ放しの扉が穏やかにノックされました。

「ごめん。そこにアトラはいるかな？」

『！』

兄様の優しいお声が耳朶《じだ》を打ちました。

一気に血液が熱くなる感覚。慌てて上着を羽織り、手櫛《てぐし》で髪を整えます。

ティナったら、こういう時に限って、髪にブラシをかけるのを中断するなんてっ！

そんな中──

「いますよぉ～♪」

従姉《いとこ》メイドは薄手の寝間着のまま対応しようと入り口へ、近づいて行きます。

「リリー！」「は、はしたないですっ！」「メイド称号を剝奪しますよっ！」

姉様とティナと私は口々に非難し、従姉を羽交い絞めにして拘束します。

──きちんと上着も羽織られたカレンさんが、幼女を抱きかかえ、入り口へ。

「アトラは此処《ここ》ですよ、兄さん」

兄様が顔を覗《のぞ》かせました。お風呂《ふろ》上がりのようで、淡い黒の寝間着姿です。胸が高鳴り、動揺してしまいます。

ティナは勿論《もちろん》、姉様とリリーですら同様なようで、口を挟めません。

「サキさん達が温泉に入れてくれたんだけど、出た後でニコロ君に遊んでもらってさ……興奮しちゃったみたいなんだ。彼、アトラに好かれているんだよ」

兄様の話を聞いていたカレンさんが頷かれました。自然な動作で背を押されます。

「そうなんですね。では――行きましょうか。アトラも眠たそうです」

「そうだね。みんなも今日はお疲れ様。早めに寝ておくれよ？　また朝に」

兄様は私達にそう言い残されて、扉を閉められました。

あまりの自然さに、取り残された私達はポカン。

リリーが、自分のカップになみなみと紅茶を注ぎました。

「残念ながら――今晩の勝者はカレンさん、みたいですぅ★」

「……リリー……」「「……有罪その三です!!」」

姉様と私とティナは年上従姉へ一斉に襲い掛かりましたっ！

＊

深夜、僕は隠れ家の寝室脇で対『三日月』戦の戦術を練り続けていた。

ベッドでは、甘えたなカレンと可愛《かわい》いアトラが抱き合って熟睡中。

「おにいちゃん……」「アレン……♪」

時折、寝言を呟《つぶや》きながら、幸せそうに笑みを零《こぼ》している。

手を伸ばして二人の頭を撫《な》で、僕は虚空《こくう》に戦力想定を浮かべた。

味方は僕とリディヤ。

カレン、ティナ、リィネも頼りになるし、リリーさんは単独戦闘なら僕よりも強い。

サキさん、シンディさんも猛者《もさ》だし、リンスターのメイドさん達も荒事を嗜《たしな》んでいる。

これだけの戦力を得てなお――『三日月』の暴威に抗するのは困難だ。

そこに、『黒花』と使徒イーディス。異端審問官達と魔導兵。交戦継続派の各侯国軍。

戦力差をひっくり返す為《ため》には……

「リナリアが暗喩したように大精霊達の力を借りるしかない、か」

未完成の魔法式を投影し、考え込む。

――理論上は可能だ。

問題は、リディヤ、そしてティナと魔力を深く繋《つな》がないといけない点。それでも足りないかもしれない。ほんの微《かす》かなノックの音がした。

外套《がいとう》を羽織り、入り口の扉を開け、廊下へと出る。

「何かありましたか？――サキさん、シンディさん」

そこにいたのは、隠れ家内の警備を行ってくれている二人のメイドさんだった。シンディさんは乳白髪を片側で結んでいる。リリーさんの仕業かな？

二人は僕へ会釈《えしゃく》し、サキさんが用件を告げた。

「アレン様、御客様《おきゃくさま》がお見えです」「あちらに」

シンディさんが廊下の奥を指し示した。

白髪白髭《しらひげ》の紳士――ニッティ家老臣、パオロ・ソレビノが深々と頭を下げていた。

「貴方《あなた》でしたか。ニケが何か？」

「――カーニエン侯、ホロント侯が会談に応じられるそうでございます。あちら側の条件は『カルロッタ・カーニエンの病状についての意見と治療法の提言』。それが有用であると認めた場合、明日の軍事行動から両侯爵家は離脱。旧帝国語で記されたカーニエン侯爵家秘蔵の古書を譲渡し、聖霊教を討つ、とのことでございます」

カーニエンとホロントが土壇場《どたんば》で講和派に寝返る、か。老臣に短く問う。

「場所と時刻は？」

「水都郊外、カーニエンの別邸。時刻は今宵《こよい》中。ニケ様も立ち会われます」

カーライルは本気で、病床に臥《ふ》す奥さんの為だけに聖霊教と手を組んでいたようだ。

ホロントは盟友に引きずられたのか？

「アレン様、意見を具申致します」

サキさんと視線が交錯。そこにあるのは純粋な憂い。シンディさんも同様だ。

仕草だけで先を促すと、サキさんは強い口調で訴えてきた。

「ニケ侯子を信頼されているのは理解しております。ですが……今宵の会談に出向かれるのはお止め下さい。間違いなく罠《わな》でございます。御身にもしものことがあればっ！」

この二人のメイドさんには水都へ来て以来、御世話《おせわ》になり通しだ。

心苦しさを覚えながらも、僕は意見を表明。

「有難《ありがと》うございます。でも——行こうと思います。申し出の内容が本当なら、明日の戦局は僕達に傾きます。それに、この会談を実現させる為、ニケは相当に危ない橋を渡った筈《はず》です。応えないわけにはいきませんよ」

「ですが」「はいはーい。なら、私が護衛につきま～す‼」

鳥族の美人メイドさんが声を荒らげるのと同時に、乳白髪のメイドさんが挙手した。

実の姉妹以上の絆《きずな》を持つ二人のこと。

端から僕が会談へ出向く場合は、どちらかが護衛につく、と決めていたのだろう。

「サキさんとシンディさんには、隠れ家を守ってもらわないと困るんですが……」

「護衛無しで赴かれるのは賛同出来ません」

「アレン様——貴方は『星』なんです。『星』は落ちちゃ駄目ですっ！」

メイドさん達もまた不退転を表明。……まずいな。

案の定、部屋の中で動く気配。ケープを羽織ったカレンが出て来てた。

「話は聞きました。兄さん。護衛は」「私達が～♪」

『！』

同時に後ろから両肩に手を置かれる。左手に輝いているのは僕とお揃いの腕輪だ。

呆気《あっけ》に取られているサキさん達とカレンに代わり、僕は呻《うめ》いた。

「……リリーさん、何時《いつ》の間《ま》に――……まさか、もう『黒猫遊歩《くろねこゆうほ》』を習得して？」

「うふふ～☆　当然ですぅ～♪」

つい先日、ケレブリンさんに託したメモだけで戦術転移魔法を習得したらしい。

魔法の才だけならリンスターでも五指に平然と入ってくる。

なのに、本人はメイド志望……副公爵殿下の悩みの深さは如何程《いかほど》だろう。

「さ、御返事をお願いします☆　大丈夫です。お姉さんが守ってあげますから」

普段着に着替え終わっている年上メイドさんの大人びた横顔。

「……兄さん？」「カレン、不可抗力だと思うんだ」

妹が我に返り、僕を咎《とが》めてきたので、抗弁しておく。

軽やかに床を駆ける音。

「アレン♪」「おっと」

足下に白髪の幼女も起きてきてしまった。

リリーさんへ目配せして、離れてもらいアトラを抱き上げる。

「♪」

幼女は嬉しそうに頬を寄せ、獣耳と尻尾を震わせた。空気が緩み、みんなの顔も崩れる。

そんな中、アトラは周囲をキョロキョロと見渡し――廊下の先を指差した。

右手の腕輪を鳴らし、惚《ほ》れ惚《ぼ》れする程見事な認識阻害魔法を崩壊させると、硬い表情を浮かべた、淡い青髪の少年と混血エルフのメイドが佇《たたず》んでいた。

少年は僕へ駆け寄ってくるやいなや、必死に訴えてくる。

「アレンさん、お願いですっ！　僕を連れて行ってくださいっ！　病状について意見を述べられると思いますっ‼」

「私からもお願い致します！　どうか、御許しください‼」

「えっとですね……」

少年少女に頭を下げられ、戸惑ってしまう。

辛抱強く待ってくれているパオロさんも、義理の姪《めい》の行動に戸惑っているようだ。

どう答えようか考えていると、勇ましい少女の声が耳朶を打った。

「私も行きますっ！」

廊下の陰から寝間着姿の薄蒼髪《うすあおがみ》の公女殿下が顔を出し、一目散に僕の前へ回り込み、左手を胸へ当てて、訴えてくる。

「先生っ！　旧帝国語なら私だってある程度は読めますっ‼」

「……ティナもですか」

僕は困り果て――ふと、若い頃は大陸中を旅したという、父の言葉が脳裏をよぎった。

『アレン、猛《たけ》る花竜がいるかもしれない場所に、全ての商品を持っていってはいけないよ？　危機の分散を忘れないようにね』

僕とニケだけで会談に挑めば、交渉自体は進めやすいだろう。

けれど、表情を見れば誰も同意しないのは自明――なら。

「会談場所について行くのは、リリー、カレン、ティナ。それと、ニコロとトゥーナ。サキ、シンディは残りなさい」

僕達は一斉に廊下奥へ目をやった。

廊下の先で短い紅髪《あかがみ》の少女がカーディガンを羽織り、腕を組んでいる。

……聞いているのは分かっていたけれど。

場の空気が一変し、サキさんとシンディさんは下がり、ティナ、カレン、リリーさんはというと、拳をぶつけ合わせている。

リディヤはニコロ主従を一瞥《いちべつ》した後――僕へ近づき、手を伸ばしてきた。

言外の意味は簡潔だ。

『魔力を今よりも深く繋いでっ！』

拒絶は許さない、という感情の炎が瞳の中で暴れている。……仕方ない、か。

僕は眠ってしまったアトラをシンディさんへ預け、リディヤの手を握った。

——紅髪の少女との繋がりが深まり、強い強い感情が入り込む。

けれど、そんなことをおくびにも出さず、妹達へ命令。

「カレン、リリー、危険と判断したら、即座にこいつを気絶させてでも撤退なさい。小《ち》っちゃいの、足手纏《あしでまと》いになるんじゃないわよ？」

「了解です」「はいですぅ～★」「な、なりませんっ！」

文句を言いたいところだけど、我慢しよう。リディヤにとって、最大限の譲歩なのだ。

僕はメモ用紙を取り出し、鳥族の美人メイドさんへ差し出した。

「サキさん、ジグさんへこれを。火急の用件だと」

「畏《かしこ》まりました。……くれぐれもお気をつけて」

美人メイドさんへ会釈を返し、次に幼女を背負った乳白髪のメイドさんへ話しかける。

「シンディさん、アトラをよろしくお願いします」

「はーい。……アレン様、無理無茶禁止ですよー？」

左手を上げ、頷《うなず》く。無理をするつもりはない。

いきなりリディヤが懐中時計を取り出し、押し付けてきた。

「また渡しておくわ。私のはまだ、御義父様《とうさま》の魔札が生きているし。代わりにあんたのを持っておく…………無理無茶したら、本気で怒るからね？」

リディヤの感情が激しく揺れ動いているのがはっきりと分かる。

僕は自分の懐中時計を手渡し、耳元で囁《ささや》く。

「──明後日《あさって》、君の誕生日までに必ず決着をつけよう。旧聖堂に行くんだよね？」

「……うん」

頷き合い、僕はティナ達を見渡した。

「急いで着替えを。パオロさん、案内願います」

＊

老支配人の先導を受け、僕達が辿《たど》り着いたのは水都郊外の高台に佇む屋敷《やしき》だった。

正門前でカーニエン侯爵家の従僕を名乗る老人に案内され中へ足を踏み入れると、壁に背を付け、不機嫌そうな顔をしている青年が待っていた。腰には短杖《たんじょう》を提げている。

「お待たせしました、ニケ」

挨拶をすると、礼服姿の青年はティナ達やニコロとトゥーナさんを一瞥。

身体《からだ》を硬直させた弟さんにますます顔を顰《しか》め、吐き捨てた。

「……行くぞ。時間がない。パオロ、入り口の確保を」

「はっ！」

僕の答えも聞かず青年は老支配人に命令し、廊下を進み始めた。ティナ達に目で指示をし、後へと続く。万が一の奇襲も考慮し、先頭は僕。一番後ろはリリーさんだ。

幸い襲撃はなく——突き当たりの部屋に辿り着き、老僕が静かにノック。

「旦那様、お客様がお着きです」

「…………入れ」

少し間があり、はっきりと分かる程苦悩の滲《にじ》む声が室内から返ってきた。

老僕は扉を開け、手で僕達を促してくれたので、会釈《えしゃく》をして中へ。扉が閉まる。

室内は簡素な作りだった。置かれているのは天蓋付きの大きなベッドと木製の椅子。窓硝子《ガラス》は大きい。ベッド脇の椅子には礼服を着た茶金髪の青年が座り、窓際《まどぎわ》の壁に背を付け騎士剣《きしけん》を腰に提げ、白の鎧《よろい》を身に着けた偉丈夫が僕達を険しい表情で睨《にら》みつけている。

ニケがポツリ。

「……ホッシ・ホロントだ」

リリーさんとカレン、トゥーナさんは臨戦態勢を取り、ティナも魔杖を手にしている。

僕は椅子に座る男性へ名乗る。

「『水竜の館』以来ですね――狼《おおかみ》族のアレンです」

「……カーライル・カーニエンだ。この男は私の盟友、ホッシ・ホロント侯爵。今回の会談に聖霊教の者は関わっていない。奴等《ら》は全員、旧聖堂だ」

男性は重く疲れ切った声で応じ、顔を上げた。

「っ！」

後方にいたニコロが息を吞《の》む。侯爵の頰はこけ、目の下には大きな隈《くま》が出来ていた。

僕は頷き、話を進める。

「早速ですが……奥様の病状を確認してもよろしいですか？　近づくのは、僕とニコロ侯子。脈を取るのはトゥーナ・ソレビノさんに」

「……構わない。これは私が病状について記録したものだ。参考にしてほしい」

カーライルは苦衷に満ちた顔を隠そうともせず、テーブルへ冊子を置いた。

僕は緊張しきっているニッティ主従へ指示。

「ニコロ、お願いします。トゥーナさん、短剣はカレンへ」

「は、はい」

背中にカーライルとホッシの僅かな殺気を感じつつ、ベッド脇へ。

──窓から差し込む月光と魔力灯の下、淡い水色髪の女性が眠っている。

ニコロは冊子を確認し始め、混血エルフの美少女も女性の手首に触れた。

「脈がとても弱く、遅いです。体温も信じられないくらい冷たい……これはっ」

取り乱しそうになったトゥーナさんを目で落ち着かせ、侯爵夫人の魔力を探る。

本人の微弱な魔力を喰《く》らうように動く、禍々《まがまが》しい『蛇』の如《ごと》き不可視の魔法式。

──この病には未知の魔法が関与している。

冊子を閉じたニコロが、蒼褪《あおざ》めながら結論を述べた。

「……間違いありません。病状の様子は『十日熱病』、その十日目以降の症状と酷似しています。僕が読んだ報告書によれば、あの病に罹《かか》った人は十日間、信じ難《がた》い高熱に苦しんだ後、十一日目からは急速に体温が低下。眠るように全員亡《な》くなったと。ただ……」

少年は言い淀《よど》み、僕へ戸惑いの視線を向けてきた。カルロッタ・カーニエンは死んでおらず、衰弱しつつも生きている。『十日熱病』の弱毒版か？

カーライルが凄《すさ》まじい怒気を発した。

「……どうなのだ？　妻を治す手立てはあるのか？　それともないのか？　今すぐ、返答願いたい。私とホッシは恐ろしく危ない橋を渡っている。この瞬間にも、聖霊教の使徒が襲ってきてもおかしくはないのだっ」

「失礼します」

僕は答えず、左手に魔杖『銀華《ぎんか》』を顕現させた。

ホッシが騎士剣の柄に手をかけ、カーライルも椅子に立てかけてあった剣を手にする。

「狼狽《うろた》えるな、カーニエン侯」「先生は助けようとしているだけです」

ニケとティナから冷静な援護が飛んできた。謝意を示し、僕は魔杖を大きく振る。

『!』

二人の侯爵とニッティ主従が驚く中、白蒼《はくそう》の雪が眠る夫人に降り注ぐ。

──ステラの為《ため》に組んだ光と氷の複合浄化魔法『清浄雪光《せいじょうせっこう》』。

この病が『呪い』ならば……魔法発動を止め、トゥーナさんに手で指示。

美少女は侯爵夫人の手首に触れ「⁉ アレン様っ！」驚きながら顔を上げた。

僕は小さく頷き、カーライルへ向き直る。

「カーニエン侯、奥様の手に触れてみてください」

「………ああ」

半信半疑といった様子で、侯爵は夫人の手を取った。瞬間──目を見開き、叫ぶ。

「！　こ、これは……貴殿、何を？　いったい、どんな奇跡を使ったのだっ⁉」

ニケが顔を顰め、ホッシは全くの無表情。

ニコロとトゥーナは賛嘆の視線を僕へ向け、視界の外れで、カレンとティナが誇らしそうに胸を張り、リリーさんが親指を立てるのが見えた。頭を振る。

「奇跡じゃありません。複合属性の浄化魔法です。魔法書には載っていませんが」

「魔法書にない複合属性浄化魔法、だと…………？」

カーライルはよろよろとしながら、窓に手を触れた。

「……信じられぬ。この一年の間、私は妻にありとあらゆる治療法を試み、その中に浄化魔法もあった。だが……効果はなかったっ！　唯一、あったのは聖霊教の聖女に近似する使徒の一人が調合したという薬のみ。『剣姫《けんき》の頭脳』とは……それ程の……」

暫《しばら》くの間、カーニエン侯爵は背中を震わせていた。

雲が月光を遮り、室内が一気に暗くなり――ニケに自嘲。

「……貴殿が正しかった。……『ウェインライト王国最高魔法士』。言い得て妙だ」

「…………」

ニケは何も答えない。どんな言葉も、心を抉《えぐ》るのを理解しているのだ。

浄化した際、微《かす》かに感知出来た魔法式の断片を解析しつつ、分かったことを告げる。

「奥様にかけられているのは、未知の呪詛《じゅそ》魔法だと考えられます。完全なる解呪の可能性について、即答は出来ません。ただ、僕よりも浄化魔法に長《た》けている子達は知っています。一人は政治的に、かなりの困難を伴うかもしれませんが」

正直に言えば、ステラですら厳しい。あの子は次期ハワード公爵なのだ。

そして、もう一人に至っては……。

『え？　貴方《あなた》の頼みなら、何でも聞くわよ？？』

脳裏に浮かんだ金髪の同期生――シェリル・ウェインライト王女殿下が不思議そうに小首を傾《かし》げる。……難題だ。

カーライルは立ち上がり、真っすぐ僕を見た。希望の炎が燃えている。

「問題ない。妻が……カルロッタが助かるのならば、私の全てを差し出そう」

「一つ問う。カーライル・カーニエン」

突然、ニケが会話に加わってきた。沈痛な面持ちで問う。

「貴様程の男が何故《なぜ》……何故、聖霊教なぞに縋《すが》ったのだ？　他に幾らでもやりようが」

「ないっ！」

凄まじい怒号。カーライルの魔力が漏れ、壁や窓を震わせた。

強い悔恨を示しながら、夫人へ目線を落とす。

「……少なくともなかったのだよ、私には。なかったのだよ……ニケ・ニッティ殿。ウェインライトの王立学校へ留学し、世界の広さと『剣姫』『光姫』『剣姫の頭脳』といった、傑物を知った貴殿と、私とではそもそも見えている世界が違ったのだ……」

ニケは顔を歪《ゆが》めた。既に自らを責めている男を辱《はずかし》めるつもりはなかったのだ。

肩を落としたカーライルは力なく微笑《ほほえ》んだ。

「貴殿等《ら》のことだ、私の消された過去についても調べているのだろう？　私は水都人でも、侯国人でもない。……連邦人だ。いや、厳密に言えば、先祖は水都人だったらしいが」

ゆっくりと立ち上がり、疲れ切った侯爵がテーブル上の箱を開ける。

取り出したのは濃い青表紙の古書。

「我が先祖の姓は『プリマヴェーラ』。今より数百年前、自らの私欲を満たす為──【黒の聖女】とやらを呼び込み、大樹の力を得ようとした結果、水都の半分を崩壊させ、民衆により過酷な記録抹消刑に処された最後の侯王。私はその末裔《まつえい》らしい。……義父は死ぬまでそう言い続け、先代カーニエン侯も信じた。余程後ろめたかったのだろう」

【黒の聖女】と最後の侯王の家！

カーニエン秘蔵の古書を読めば、歴史の秘密を──ニケが鋭い眼光を向けてきた。

心を落ち着かせ、カーライルを促す。

表情を崩し、侯爵は剣の刃を微かに見せ——音を立てて、納める。

「我等はリンスター公爵家との講和に同意し、聖霊教に関する全情報を引き渡す。部下、侯国の民には寛大な処分を願う。ホッシにもだ。責任は全て私にある。その証《あかし》として、貴殿にはこれを渡しておく。歴代侯王の業績が記された物だ。……妻も熱心に読んでいた」

——題は『侯王列伝《こうおうれつでん》』。

古めかしい表紙を開くと、そこに押されていたのは『蒼薔薇《あおばら》』と『八花』だった。

ニッティの家紋ともう一つは……グレンビシーか？　もしや、『花天《かてん》』の蔵書？

すぐさま、ティナとニコロが近づいて来て、中身の確認を開始した。

「旧帝国語……しかも、北方系？」「だと思います。でも、どうして……」

水都を治めた侯王の記録を記した書が、北方系の旧帝国語で書かれている……？

違和感を覚えつつ、カーライルへと約す。

「奥様の浄化に関して、最大限尽力することを、大樹と両親の名に誓います。ただ……浄化を行う場所は南都、もしかすると王都になるかもしれません」

「構わない。貴殿とニケ・ニッティを信ずる」

即答すると、カーライルは深々と頭を下げ、声を震わせながら懇願してきた。

「……どうか、どうか、どうかっ！　我が妻を……誰も信じられず、単なる『人形』でしかなかった、私を人にしてくれたカルロッタ・カーニエンを救ってくれっ。この通りだっ。彼女は、私にとってこの世界よりも」

——凄まじい悪寒《おかん》が走った。

「っ！」「兄さんっ！」「アレンさんっ！」

咄嗟《とっさ》に、ティナとニッティ主従を風魔法で吹き飛ばして、僕自身も後方へと大跳躍。

カレンとリリーさんが前方へ回り込み、短剣と大剣を構えた。

凶風が吹き荒れ、一部の壁と全ての窓硝子《ガラス》を破砕。カーライルは必死に侯爵夫人を抱きしめている。

先程まで、僕がいた床は槍《やり》のように尖《とが》った植物の根で貫通されていた。

「——ちっ。外したか。面倒な。聖女とアリシアが執着するだけのことはある」

砕け散った天窓から舌打ちが降ってきた。

白の魔女帽子と魔法衣。手には禍々しい魔杖。背中に漆黒の羽を持つ小柄な身体《からだ》。

カレンとリリーさんの魔力が強まり、呻《うめ》く。

「貴方はっ……」「『黒花《こっか》』……」

この一見、半妖精族の少年が――使徒次席イオ・ロックフィールド。

転移魔法を敢《あ》えて使わず認識阻害を用いての奇襲かっ。

カーライルを確認すると、血の気を喪《うしな》っている。……侯爵の裏切りではない。

イオは僕等を睥睨《へいげい》し、カレンとリリーを確認し嘯《うそぶ》く。

「ふんっ……随分と早い再会となったものだな。だが、貴様等を殺すのは後だ」

「カレン、リリーさん、前っ！　ティナっ‼」

「「はいっ！」」「分かってますっ！」

庭に現れた黒き花を潜《くぐ》り抜け、数体の魔導兵が出現。

対して、カレンとリリーさんは即座に反応し、距離を詰めた。

「はぁぁぁぁっ！！！！！」「させませんっ！！！！！」

十字雷槍《らいそう》の穂先と、リリーさんが大剣に纏《まと》わせた炎が形を変容。

それぞれ巨大な刃《やいば》となって、魔導兵達の胴を薙《な》いだ。凄まじい紫電と炎花が舞い散る。

僕が見せた技をもう再現してっ！　内心舌を巻きながら、『天風飛跳《てんぷうひちょう》』を発動させ、イオの上方を取り、魔杖《まじょう》に氷刃《ひょうじん》を発現させ振り下ろした。

――けたたましい金属音。

僕の一撃は、現れた深紅に縁どられた白ローブを纏う少女が手に持つ片刃の短剣に受け止められていた。

使徒イーディス！　転移魔法の呪符かっ！

空中で少女と切り結び、着地。

氷華《ひょうか》が空間を支配していく中、ティナが叫ぶ。

「これでっ！」

膨大な魔力が収縮――結界内で炸裂《さくれつ》し、室内に猛吹雪を巻き起こした。

氷属性上級魔法『氷帝吹雪《ひょうていふぶき》』の四発同時、しかも、結界内発動っ！

右手を振り、防御の炎花を布陣させながら感嘆する。僕の妹と教え子は本当に凄《すご》い。

傍《そば》へと戻ったティナとカレンへ称賛する。

「御見事！」

「世界最高の家庭教師の教え子なのでっ！」「私はもっと褒めてほしいです！」

僕等を守る炎花の数が倍加した。

「アレンさん、まだです！」

リリーさんが大剣を振りつつ注意喚起。僕もすぐさま周囲を確認。

ニコロは――トゥーナさんと、短杖で防御魔法を紡《つむ》いでいるニケ、廊下から飛び込んで来たパオロさんが守ってくれている。

カーライルは剣を手にして、ベッド脇。何があろうとも、離れるつもりはなさそうだ。

ホッシも騎士剣《きしけん》の柄に手をかけている。……この状況下で抜いていない？

疑問を解決する前に、ティナが叫んだ。

「弾《はじ》かれますっ！　気を付けてくださいっ‼」

結界が砕け散り、猛吹雪が吹き荒れる。

僕とリリーさんが炎花でそれらを防いでいると、イオの冷たい声が耳朶《じだ》を打った。

「さて――カーライル・カーニエン。申し開きがあるか？」

発生していた氷霧が黒風で吹き飛ばされ、地面に降り立った使徒達が姿を現した。後方には魔導兵が二体健在。『蘇生《そせい》』の魔力が強い……簡易型じゃないな。

……どうやって、今日の秘密会合を知ったんだ？

魔法通信は使っていない。僕達の隠れ家がバレているなら、とっくの昔に襲撃を喰《く》らっている。カーライルも警戒を緩めたわけでもない。……まさか。

どす黒い疑念が渦を巻く中、カーライルは頭を振り、憎悪《ぞうお》を叩《たた》きつける。

「……ないっ！　私は、私の意志をもって、貴様等を見限るっ！　聖女の力、確かに人知を超えてもいよう。だが――……結局、私の妻を救ってはくれなかったっ！」

フード下から覗《のぞ》くイーディスの瞳に業火《ごうか》が見えた。

「貴様……聖女様を愚弄するかっ！　今すぐ、殺しても――」

「末席、出しゃばるな。お前の任は『実験体』トニ・ソレビノの回収だ」

「……っ。はい……申し訳ありませんでした……」

半妖精族の魔法士が冷たく言い放ち、少女を黙らせた。「トニ！」「あ、兄者!?」ニケとパオロさんが動揺するも、今の段階ではどうにも出来ない。トゥーナさんは、ただただニコロを守らんと魔法を紡ぎ続けている。

イオは金色の瞳を細め、妻を守ろうと決死の覚悟を固めている侯爵に呟《つぶや》く。

「以前にも言ったな？　私はお前にある種の敬意と憐憫《れんびん》の情を持っていた。病に倒れた妻の為《ため》、国を、地位を、民すらもかなぐり捨てて、聖女の力に縋ろうとしたお前の姿、嫌いではなかった――……同時に」

僕の直感が最大警戒を発している。

――何かが来るっ！

イオは唇を歪め、カーニエン侯爵を嘲笑した。

「自らを知者と思いながら、実際はとびきりの愚者。我等の為に奔走し続けるその姿は至極滑稽でもあった――今宵《こよい》の会合を我等に報《しら》せたのは誰だと思う？」

「？　――……まさかっ！？！！」

カーライルが何かに気付き、愕然《がくぜん》とした刹那――僕の身体は動き出していた。

突如、部屋に飛び込んできた、幻の如《ごと》く揺らめく灰色の影を魔杖で迎撃する。

冷たい金属音より先に、信じ難《がた》い速度の白き斬撃が人体の急所を狙って襲ってくる。

「くっ！」

見たこともない、片刃の長剣！　しかも、抜き打ちで斬撃をっ⁉

速度を上げ続ける斬撃に対応が困難になっていき、炎花も次々と切り裂かれ――

「それ以上はっ！」「させませんっ！」

横合いからカレンとリリーさんがフード付き灰色ローブを纏った剣士を強襲した。

十字雷槍と大剣の連続攻撃を全ていなし、イオの隣へと着地。

そこを狙って、ティナの放った氷属性上級魔法『閃迅氷槍《せんじんひょうそう》』が襲い掛かるも、

「う、うそ……」

再びの金属音と共に、十数本の氷槍《ひょうそう》は切り裂かれ消失。公女殿下の杖《つえ》が揺れる。

この人――強いっ！　単純な斬撃の鋭さだけなら、リディヤを超えている。

半妖精族の魔法士がつまらなそうに、零《こぼ》した。

「……ヴィオラか。つまり、あの忌々《いまいま》しい吸血姫も水都に戻ったのだな」

「はい。南部四侯は全員討ち取りました」

そうか……『三日月』アリシア・コールフィールドに付き従っていた女性っ！

使徒二人に恐るべき剣士。正式魔導兵が二体。この場で戦っても勝算は乏しい。

僕は撤退を決断し――

「ニケ・ニッティっ！」「兄上、危ないっ！！！！」「っ！　ニコロ坊ちゃまっ！」

カーライルとニッティ主従が同時に叫んだ。

ニケを狙った騎士は、目標をあっさりと変更。

騎士剣を抜き放ち――

「あ！」「きゃっ！」

生まれた灰影はニコロとトゥーナを呑《の》み込み、消し去った。

ニケの放った無数の水槍が騎士へ叩きつけられるも、灰影によって防がれる。

憤怒《ふんぬ》の顔になった侯子が怒号。

「っ！　馬鹿者がっ！！！！」

軋《きし》む程、短杖を握り締めながら、大水球を幾つも展開していく。

この部屋の中で最も衝撃を受けているだろう、カーライルが悲鳴をあげる。

「ホッシ……やはり、お前だったのかっ⁉」

裏切った騎士――ホッシ・ホロント侯爵は瞳に哀切を浮かべた。

「カーライル……お前を友だと思ったこと、そこに嘘《うそ》偽りはない。この場で命は取らぬ。『罪深き侯王の贄《にえ》』を得たからな。おお！　予見されていた聖女様を讃《たた》えよっ！」

イオが鼻を鳴らし、イーディスへ侮蔑した。

「……ふんっ。だが、当初聞いていた話と違うではないか？　『樹守《きもり》の末』がいるとは聞いておらんぞ？　まさか、一度遭遇しながら気付かなかったのか、末席？」

「っ！　申し訳ありません」

樹守の末？　トゥーナさんが⁉

次々と突き付けられる事実を受け止める前に、ホッシが話を戻した。

「手向けに教えておこう。貴様の細君、カルロッタ・カーニエンは、我が仰ぎ見し主《あるじ》――いと高き聖女様について密《ひそ》かに嗅ぎ回っていた。止めておけ、と私は何度も言ったのだぞ？　病に倒れるのは必然の罰！　嗚呼《ああ》！　聖女様と聖霊を讃えよっ！」

「カ、カルロッタが………？　だ、誰かに、呪い――ま、まさか、お前がっ⁉」

真実に行きあたり、侯爵の剣が零れ落ち、床に突き刺さった。

……カーライルはもう戦えないだろう。ニケとパオロさんも冷静さを喪っている。

リリーさんがちらり、と僕を見た。頷《うなず》き返す。

ティナの中には大精霊『氷鶴《ひょうかく》』がいる。奪われるわけにはいかない。

最悪の場合、僕達で殿《しんがり》を務める他はなし。

決意を固めていると、イオが魔杖を少しだけ上げた。

「ホッシ――いや、使徒イフル。任務御苦労だった。聖女も喜ぶことだろう」

「はっ」

使徒が三人っ！

……駄目だっ。命を懸けないとティナ達を逃せない。

僕が魔杖を握り直したのに気付き、ティナとカレンが叫んだ。

「先生っ！　私達もいますっ！」「兄さん、一人で背負おうとしないで下さいっ！」

「っ……」

絶体絶命の状況なのに、笑みが零れた。悲観主義も程々にしないとな。

僕は空中のイオと視線を合わせた。

魔力が濃くなっていき、屋敷《やしき》全体が揺れる。

いよいよ始まる――と、思った矢先、ヴィオラが平坦《へいたん》な声でイオへ話しかけた。

「『欠陥品の鍵』はアリシア様の獲物です」

「……む」

半妖精族の魔法士が眉をひそめた。

そして、少しだけ考えるそぶりをした後――

「貴様等程度、この場で潰しても良いのだが……貴様と『リンスターの忌《い》み子』はあの吸血姫の獲物らしくてな。手を出すと、百面倒なのだ。『贄』も得たことだ。今宵は此処《ここ》までにするとしよう。自分達の幸運に感謝せよっ！」

使徒達の周囲に黒花《こっか》が生まれ、呑み込んでいく。大規模転移魔法！

イオの挑発が、半壊した室内に響き渡る。

「我等《われら》は明日――旧聖堂の『礎石《そせき》』を手に入れる。精々足掻《あが》くがいい。ただし、私、【花《か》天《てん》】の弟子にして、使徒次席イオ・ロックフィールドは吸血姫程、優しくはないっ！」

黒き凶風が吹き荒れ――使徒達の姿は掻《か》き消えた。

凌《しの》いだ、か……でも、二人をっ。

ティナとカレンが僕の両袖を摑《つか》み、リリーさんですら不安そうに顔を見てきた。

「先生……」「兄さん……」「アレンさん……」

僕は答えることが出来ず、床に転がっている『侯王列伝《こうおうれつでん》』を拾い上げた。

果たして明日、僕達は『三日月』と『黒花』、更にはヴィオラという恐るべき剣士、使徒イーディスとイフルを倒し、ニコロとトゥーナさんを救えるんだろうか……？

盟友の裏切り、という衝撃に耐えきれず、カーライルは床に両膝をつけ、頭を抱える。

「……嘘だ。これは……嘘だ……嘘だ……」

その姿を沈痛な面持ちで見つめると、ニケは魔法を消し――自分の羽織っていた外套《がいとう》をカーライルへかけた。激情を抑えながら、指示を飛ばす。

「……パオロ、父上に会うぞ。ついて来てくれ」

「……はっ」

「ニケ！」

情勢は最早《もはや》、講和か交戦か、という事態では完全になくなっている。

最悪の場合……水都自体の命運が尽きかねない。

すると、同期生は背を向けたまま左手を水平に伸ばした。

「――貴様は貴様の為《な》すべきことを為せ。だが、カーニエン侯爵夫人の件は……頼むっ。どうか、救ってやってくれ」

「……」

そう言い切り、ニケ・ニッティはパオロ・ソレビノを伴い部屋を出て行った。

——困ったな。あれは彼の本心だ。リディヤの懐中時計を握り締める。

じゃあ、仕方ない。受けた恩義は忘れない。父さんの教えだ。

僕は決意を固め、少女達へ告げた。

「戻りましょう。——ティナ、カレン、リリーさん、どうか僕を助けて下さい」

「「「！　はいっ!!!」」」

ティナ達の瞳から不安が掻き消え、無数の氷華《ひようか》、紫電、炎花が舞い踊った。

歓喜と戦意を放出している少女達を見つめながら、僕はもう一つ決意を固めていた。

……あの『魔法』を使うしかないかもしれないな。

右手薬指の指輪が『頑張りなさい』と、励ますように瞬《またた》いた。

第4章

「――準備完了、っと」

『猫の小路《こみち》』の隠れ家へ戻り、短い仮眠の後、朝食をとった僕は支度を整え、姿見《すがたみ》に自分を映していた。早朝、ニケがニエト・ニッティ副統領との緊急会談を報《しら》せてきた為《ため》だ。

日蝕《にっしょく》が起こるのは今日、闇曜日の正午。

それまでに攫《さら》われたニコロとトゥーナさんを救わないと……。

テーブルに置いておいたリディヤの懐中時計を仕舞っていると、開けっ放しの扉から紅髪《あかがみ》の少女が顔を覗《のぞ》かせた。既に剣士服へ着替え終え、腰に魔剣『篝狐《こうこ》』を提げている。

「……ふう～ん」

僕を眺め、至近距離まで近づき、手を胸元へ。

「襟、曲がってる。侯国連合副統領と会談するのよ？　ちゃんとしなさい？」

「そうかなぁ？」

曲がっているようには見えなかったけど——こういう時に邪魔をするのは悪手。

リディヤが少しでも気分良く戦えるのなら、享受しよう。

上機嫌な様子の公女殿下に苦笑していると、今度は薄蒼髪《うすあおがみ》の公女殿下が顔を見せた。

「先生、お願いが。杖《つえ》にリボンを結んで——……リディヤさん、説明をお願いします。忘れ物を取りに戻られたんじゃなかったんですか？」

頬を染めていたティナは一転、ジト目。白の魔法衣を着て、魔杖《まじょう》を背負っている。

余裕綽々《よゆうしゃくしゃく》のリディヤは僕の左腕を取り、平然と返した。

「忘れ物よ」

ティナは、ポカン、とし——わなわなと震え、薄蒼髪を浮き立たせた。

「なっ⁉　……いいでしょう。そういうつもりなら、私だって容赦——」

「兄様、少しお願いがあるんですが……あ」

三度、公女殿下が顔を覗かせた。

リディヤに似通った剣士服。腰には片手剣と炎蛇《えんじゃ》の短剣だ。

薄蒼髪の公女殿下は目を細めると感情に呼応し、氷華が舞う。

「……リィネ？　まさか、貴女《あなた》もですか……？」

「な、何ですか？　わ、私は別に、兄様からちょっと励ましてもらおうなんて……」

「本音が漏れてますっ！」

ティナとリィネが何時《いつ》も通り、じゃれ合いを開始した。

普段ならティナ側に立つリディヤも「仕方ない子ね」と微笑《ほほえ》んでいる。『世界で一番の相方』という言葉は、精神安定という面で絶大な効果があったようだ。

ティナとリィネのやり取りを眺めていると、妹年上メイドさん、アトラを抱えたサキさん、乳白髪を片側で結んだシンディさんもやって来た。

カレンは花付軍帽を被《かぶ》り、リリーさんと色違いの服装。何でも、王立学校の服装よりも防御性能は高いらしい。無駄に凝っている。

「兄さん、スズさんがお着きです」「行っきましょう～！　『水竜の館』へ☆」

「了解」

僕は短く答えた。

ティナとリィネが休戦したのを見計らい、口を開く。

「再確認をしておきます。……敵は強大です。『三日月』に『黒花』。使徒イーディス。使徒だったホッシ・ホロント。聖霊教異端審問官達と魔導兵。侯国軍もいます。それらを掻い潜《くぐ》り、正午までにニコロ君とトゥーナさんを奪還しなければいけません。南都の増援は望めない以上、撤退も有力な選択肢です。僕はともかく、君達を巻き込むのは――」

「先生、駄目ですっ！」「兄様、ティナの言う通りですっ！」「アレンさぁん？」

ティナ、リィネ、リリーさんに断固とした口調で否定されてしまう。

妹が自然な動作で僕の両手を握り締めた。

「兄さん……迷わないで下さい。私達はただこう言って欲しいだけなんです」

つま先で立ち、瞳を潤ませながら、訴えてくる。

「『僕と一緒に戦ってほしい！』……もう、置いて行かれるのは嫌です」

「カレン……」

隣にいるリディヤが呆《あき》れながら「……バカ」。幼女の明るい声も耳朶《じだ》を打つ。

「アトラも～♪」

……信頼に応えられるよう、少しずつでも成長を。自戒し、少女達に頭を下げる。

「お願いします。僕に力を貸して下さい」

『──喜んで♪』「当然、よ」

数艘《そう》のゴンドラはゆっくりと水路を進んで行く。

籤引《くじび》きの結果、僕の隣へ座ることになったティナは、アトラと共に周囲の建物や花壇、泳いでいる大きな魚に目を輝かせている。何もなければ、観光させてあげられるのに。

やがて、見えて来たのは――水都屈指の超高級ホテル『水竜の館』。此処を会談場所に指定したのはニエト副統領だったらしい。中央島の屋敷《やしき》でないのは、襲撃を警戒しての判断だろう。

「スズさん、もうこの辺で」

「は、はい」

ゴンドラはゆっくりと水路内で停止した。獺《かわうそ》族の少女が何か言いたげに僕を見る。

真っ先にリディヤが岸へ跳躍、冷静な口調で下命した。

「サキ、シンディ、一旦スズ達を『猫の小路』まで護衛なさい。以後の連絡は小鳥で。リリーはこっちに貰《もら》うわ」

『リディヤ御嬢様《おじょうさま》！　アレン様！　御嬢様方、お気をつけてっ‼』

メイドさん達が一斉に応じるのを聞きつつ、僕はアトラをティナに託し、リディヤ達と一緒に先に岸へと上がらせた。スズさんだけへ真摯に御礼《おれい》を述べる。

「有難《ありがと》うございました。ジグさんによろしくお伝えください。……詳しい話は」

「全部聞いています。準備万端です」

獺族の少女は胸を叩《たた》いた。老獺には感謝しかない。

他のゴンドラは巧みに位置を変え、水路を戻り始めている。僕も下りようとし――

「あ、あのっ！　アレンさんっ‼」

スズさんに呼び止められ、動きを止めた。

少女は獣耳と尻尾を膨らませ、心臓に左手を押し付け、緊張した面持ちで口を開く。

「水都獣人族纏《まと》め役ジグより伝言です。『我等《われら》の父祖は魔王戦争、血河《けつが》の会戦においてわざと遅参。『流星』を、水都を救ってくれた恩人を死なせた。……水都獣人族にとって、これは二百年間密《ひそ》かに語り継がれてきた悔恨であり、雪《すす》ぐことが出来ぬ恥辱であった』」

！　そんな謂《いわ》れがあったのか。

息を深く吸い込み、スズさんが最後の言葉を教えてくれる。

「『故に──此度《こたび》こそは新たな時代の『流星』を、我等、命を賭《と》して守らんと欲《ほっ》す』。アレンさん、どうか御無事でっ！　……私に水都の観光案内、させて下さいね？」

胸が詰まり、不覚にも視界が涙で曇る。リディヤを笑えない、僕も結局泣き虫だ。

袖で涙を拭い、スズさんへお礼を言う。

「──……ありがとうございます。ええ、必ず」

＊

「「わぁぁぁ！」」

ティナとリィネが、水路沿いに見えて来た『水竜の館』を見上げ、歓声をあげた。

襲撃の際に受けた破損は、そこかしこに残っているものの、このホテルが水都を代表する建物であることに変わりはない。そんな後輩達を副生徒会長が窘《たしな》める。

「二人共、落ち着きなさい。ニッティ家は味方だと思われますが、油断しないように。もしも、あちらが兄さんに手を出そうとしたら――」

「「やっつけます‼」」

「よろしいです」

嘆息しながら、扇動したカレンの頭を花付軍帽上からぽかり。

「こーら。喧嘩《けんか》しに行くわけじゃないんだからね？　……リディヤ、リリーさん」

「ええ」「はい★」

声を落とし、二人と認識を共有しておく。

――建物内に複数の魔力が動く気配。ニッティの兵にしては数が多過ぎる。

壊れた玄関前では、ニケ・ニッティが忙《せわ》しなく眼鏡のつるに触れ、パオロさんが静かに僕達の到着を待っているのが見えた。少し考え――名前を呼ぶ。

「カレン」「はい！」

即座に、妹が手を伸ばしてきた。……予想してたか。

苦笑しつつもその手を取り、極々浅く魔力を繋《つな》ぐ。

カレンは、獣耳と尻尾を大きく震わせ、短剣の鞘《さや》を叩いた。

「大丈夫です。兄さんは私が守ります！」「先生、私も──」

落ち着いた様子で、ティナも僕に訴えてきた。

敵は明らかに強大。我が儘《まま》で魔力を繋いでほしい、と言っているわけではないのだ。

膝を屈《かが》め、僕は少女に告げる。

「ティナ、君は『最後の切り札』です。……危ない時はよろしくお願いします」

「……『切り札』……私が先生の……分かりましたっ！　任せてくださいっ‼」

薄蒼髪の公女殿下は目を輝かせ、胸を叩いた。右袖を引っ張られる。

「……兄様ぁ。リィネは今回も仲間外れですか………？」

しゅんとなり、伏し目になった赤髪の少女が拗《す》ねている。

僕は短剣の鞘に触れ、頭を大きく振った。

「まさか！　頼りにしているよ」

「は、はい！」

赤髪公女殿下は僕が触れた短剣の鞘に自分でも触れ、相好を崩した。いい子だ。

リディヤを一瞥《いちべつ》すると、『まぁ、良《い》いわ。私が世界で一番の相方だものね？』。

魔力を繋ぎ過ぎた弊害か。感情が伝わり易《やす》くなっている。気を付けないと。

リリーさんのぼやきが聞こえてきた。

「……流石《さすが》、『天性の年下殺し』ですぅ～。お姉さんな私だけ放置する……ひゃん！」

水滴をメイドさんの首元へ落としていると、ニケが気づき、怒鳴ってきた。

「……遅いぞ。急げ！」

右手を振り、リディヤとカレン、リリーさんへ目配せ。

腐れ縁と妹が先頭。ティナとリィネは真ん中。年上メイドさんは最後尾へ。

僕自身も幾つかの魔法式を静謐《せいひつ》展開させ即応態勢をとっておく。

「――アレン」

「ん？　どうかしたのかな？」

アトラが小さな手を伸ばしてきたので、膝を曲げると僕の頬に触れ、

「忘れないで。私もいる」

一瞬大人びた表情になり、幼女は美しく微笑んだ。

僕も釣られて笑顔に。この子を聖霊教に渡すわけにはいかないな。

リディヤとティナが僕を促す。

「ほら、行くわよ」「先生、行きましょう」

「了解」

二人の公女殿下へ応じ、僕は今にも怒り出しそうなニケへ片目を瞑《つぶ》った。


ホテルの中は想像以上に片付いていた。パオロさんのお陰だろう。

ただ、階段や壁、床のタイルには酷《ひど》い傷跡が残っていて……胸が痛む。

会談場所はホテル屋上テラスとのことで、僕達は豪奢《ごうしゃ》な階段を先程から登っている。

浮遊魔法でぷかぷかと浮いているアトラはティナの肩を摑《つか》み、楽しそうだ。

リディヤが先導するニケとパオロさんへ問いかけた。

「で？　誰が来ているの？　あと、最新情報を教えなさい」

「ピルロ・ピサーニ統領と我が父ニエト。……先程、中央島とその周辺住民に、『勇士の島』への一時的な退避勧告が統領の名で発せられた」

「南部の侯爵代理の方々も、ロンドイロ家以外とは連絡が途絶致しました」

今や、水都に侯爵もその代理も数える程、か。

階段を登り終え、大きな廊下へ出た。

先に見えている大扉へ向かい——……突然、ニケが立ち止まり唸《うな》った。

我が身の安全を無視して振り返り、険しい顔で僕等へ向け叫ぶ。

「気を付けろっ！　伏兵だっ‼」

大扉が吹き飛び、無数の『水神矢』が僕達へ殺到する。

――リディヤが無造作に疾走。

手刀の一閃《いっせん》で魔法矢を薙《な》ぎ払《はら》い、反撃の大炎波を容赦なく叩きこむ。

数十枚の耐炎結界が紙のように引き千切れ、悲鳴と苦鳴が大量生産。建物全体が大きく揺れる。短剣を抜き、カレンが雷を纏った。

ティナとリィネも顔を引き締め、長杖《ちょうじょう》と片手剣を構えて臨戦態勢。

炎花を布陣させたリリーさんが虚空《こくう》から大剣を引き抜く。階段を駆け上がる音。

「アレンさん、後ろからも来ます」

「リディヤ、カレン――前の制圧を。相手は雑多な侯国軍しかいない。数は百前後」

『了解っ！』

『剣姫《けんき》』と『雷狼《らいろう》』が並んで閃駆《せんく》！

破壊音と悲鳴、怒号、鳴き声が響き渡り、音が離れていく。

僕は魔杖『銀華《ぎんか》』を顕現させ一回転。

短杖に水魔法を紡《つむ》ぎ、兵士達を牽制《けんせい》しているニケに軽く質問。

「これが侯国連合の総意と考えても？」

「分からぬっ！　だが、この状況下で貴様を敵に回すなど、正気の沙汰ではないっ！」

「なるほど、理解しました。ティナ！　リィネ！」

「はいっ！」「任せて下さいっ！」

ティナが長杖を振り下ろし、天井まで覆う巨大な『氷神壁』を多重発動。廊下を完全に封鎖した。兵士達が怒鳴っているのが微《かす》かに聞こえ——直後、轟音《ごうおん》。

リィネの大火球が階段や床を破壊したのだ。

「御見事！　リリーさん」「はぁ～い★」

年上メイドさんは左手を振り、廊下のあちこちに炎花の罠《わな》を設置。足止めには十分だ。

僕は廊下を歩きだそうとし、

「先生、めっ！　です‼」「兄様、御立場を考えて下さい」「……貴様は後ろだ」

ティナとリィネだけでなく、ニケまでもが僕を責めてきた。……酷い。

こんな時でも礼儀正しいパオロさんと、リリーさんが先んじる。

「私が先に」「私もです～」

抗弁する間もなく、吹き飛んだ大扉の残骸を脇目に外へ。

——リディヤとカレンは襲撃者達をほぼ制圧していた。机と椅子の残骸が痛々しい。

残る十数名の護衛兵に守られた初老の男性と、顔面を蒼白《そうはく》にした貴族らしい男性が剣を構え、大運河側の欄干近くまで押し込まれている。

初老の男性と護衛兵は全員が青のローブを身に着け、手には古い魔杖。

「ばか、な……父上とアトラス侯が何故《なぜ》っ⁉」「…………」

ニケが驚愕《きょうがく》の余り硬直し、パオロさんが悲し気に顔を歪《ゆが》ませた。

老人が場にそぐわぬ穏やかさで名乗る。

「……顔を合わせるのは初めてか。侯国連合副統領、ニエト・ニッティだ」

「狼《おおかみ》族のアレンです」「リディヤ・リンスターよ」

交渉窓口である僕等も返す。……この人、殺気がまるでない。

アトラス侯爵らしい人物は焦燥し、今にも魔法を放とうとしているのに。

敢《あ》えてニエトへ問う。

「統領ピルロ・ピサーニ様の御姿がないようですが？　それに、僕達は貴方《あなた》と会談する為《ため》に来たのであって、戦うつもりはありません」

「統領は来ぬ。路《みち》を違《たが》えた。この場にいるのは――聖霊教についた者達だけだ」

「「えっ⁉」」「…………」

ティナとリィネが驚き、カレンは眦《まなじり》を吊《つ》り上げた。

冷静沈着な次期ニッティ侯爵が、驚く程取り乱す。

「……父上っ⁉　ニコロとトゥーナを、水都を見捨てられるとっ！」

「ニケ様、いけませぬっ」

老支配人が侯子を必死に押し留《とど》める。

副統領が古い杖を掲げると、護衛兵達もそこに杖を重ねていく。

「ニケよ。この期《ご》に及んで言葉は不要。貴様は『剣姫の頭脳』に、私は聖霊教に懸けた。それだけの話ぞ。全ては侯国連合の……水都の為っ！」

「父上っ！！！！」

魔杖の先端に巨大な魔力が集結。膨大な青の魔力が渦を巻き、形を構築していく。

アトラス侯爵の顔に安堵《あんど》が浮かぶと同時に、嘲り。

ニケやニコロの父であり、ピサーニ統領と長きに亘《わた》って盟友だった人物が裏切る？

統領は何処《どこ》へ行ったんだ？　何より――パオロさんの瞳には深い悲しみ。

僕は突撃しようとしているリディヤとカレンを左手で制し、ニエトへ頭を振った。

「……これが、貴方の……貴方達の結論ですか？　こんなこと、本意ではありません」

老魔法士の顔が綻び、魔力が安定していく。

「カルロッタ嬢と同じく知恵者なのだな。貴殿に会ったことで、我が息子は生まれ変わった。感謝しておる。せめてっ！　我がニッティ家の極致を見せんっ‼」

——澄み切った青。蜥蜴《とかげ》のような頭に無数の牙が並ぶ大顎。四つの鰭《ひれ》と巨大な尾鰭《おびれ》。

僕は物悲しさと共に呟《つぶや》く。

「……水属性極致魔法」

「ニッティの誇りし『水牙鯨《すいがげい》』だ！　手向けとして受け取るがいいっ‼」

「カレンっ！　リリーっ！」「はいっ！」「了解ですぅ～」

魔法式が暗号化されているのを見て取ったリディヤが迎撃すべく魔剣を抜き放ち、妹と年上メイドさんへ檄《げき》を飛ばす。

僕も加わって——その時、笑顔のアトラが前へと回り込み、額へキスをしてきた。

「えっ⁉」「アレン、アトラが守る♪」

「先生⁉」「兄様⁉」

ティナとリィネの取り乱す声を聞く中、無数の白き雷が轟《とどろ》き、屋上に降り注ぐ。

元侯爵が悲鳴をあげるも意に介さず、老魔法士は魔杖を振り下ろす。

巨大な青き鯨が大きな口を開け、僕達へ襲い掛かり——次の瞬間、屋上全体に花の形をした魔法陣が浮かびあがり、眩《まばゆ》い閃光が走った！

＊

光が収まった時、僕等《ら》は半壊している花園の中に立っていた。

……使い捨ての大規模転移魔法⁉　身体《からだ》の違和感を無視しつつ、周囲を窺《うかが》う。

「此処《ここ》は……」「カーニエン侯爵家別邸でございます」

即座に全員が臨戦態勢。

魔法を即時発動させようとし――止める。パオロさんは敵じゃない。

人気《ひとけ》の全くない屋敷《やしき》を背にし、僕は老支配人へ話しかけた。

「【花天《かてん》】と、カルロッタ・カーニエン侯爵夫人とお知り合いだったんですね？　だから、『侯王列伝《こうおうれつでん》』に花の印があった。転移魔法は置き土産ですか？」

「……ニエト様は『ニッティ家が【花天】より受け取った書庫代』と仰《おっしゃ》っていました。転移場所はカーライル侯爵夫人との約定であったようでございます」

「！　ち、父上が……パオロ、貴様っ！　知っていたのかっ！」

状況に激しく混乱し、ニケは腹心に喰《く》ってかかった。……気持ちは分かる。

僕は庭の中を歩き出し、どうにも慣れない耳を押さえながら、眼下の都市を見つめた。

――水都が、千年の都が燃えていた。

上空には無数の小さな骨竜が乱舞し、至る所から黒煙が上がっている。

僕は溜《た》め息《いき》を吐《つ》き、ニケに胸倉を摑まれているパオロさんへ確認。

「ピサーニ統領達は『勇士の島』ですか？　ニエト副統領の御指示ですよね？」

「そのように伺っております」「っ！　で、では、父上は……」

「ちょっと――……ちょっと、待って下さいっ！！！」

話の流れを遮断し、堪え切れなくなったティナが息を荒くしながら、叫んだ。

少女達の視線も僕へ集中し、心なしかみんな頰が赤くなっている。

薄蒼髪《うすあおがみ》の公女殿下が咳払《せきばら》い。

「こほん……リィネ」「ええ、ティナ」

二人の少女は頷《うなず》き合い、ずいっと僕の傍《そば》へ。視線を彷徨《さまよ》わすも、逃げ場がない。

「……先生」「……兄様」

「**獣耳と尻尾が生えてます！！！！**」

僕はふわふわな耳に触れ、戸惑いながらぎこちなく同意する。

「…………です、よねぇ？」

どうしてこんなことになったのか？　理由は分かっている。

『♪』

僕の中にアトラがいる。右手の中に紋章が浮かび、指輪が一度だけ光った。

アトラは天下の大精霊『雷狐《らいこ》』。

『氷鶴《ひょうかく》』や『炎麟《えんりん》』も、ティナ達と謂《い》わば同居しているのだし、不思議な話じゃない。

……外見まで変化するのは、想像していなかったけれど。

「先生っ！　すっごく可愛《かわい》いですっ‼」「兄様っ！　似合ってますっ‼」

興奮するティナとリィネに対して、リディヤは一見冷静。

ただし、ちらちら、と僕の様子を窺っては。その都度頬を染めている。

一番激烈な反応を示しているのはカレン。

尻尾を殊更ゆっくりと振りながら、滅多に見ない表情で、ぽ～、としている。

そして、年上メイドさんは大剣を地面に突き刺し、映像宝珠で楽しそうに撮影中。

……この一件が終わったら、何が何でも取り返さないと。

僕は心を落ち着かせて、魔杖を高く掲げ、話を戻す。

「ニケ、ピサーニ統領とニエト副統領は危機を分けたんです。『猛《たけ》る花竜を前にしたら、商品を分散しないといけない』――僕等が勝ち、貴方とニコロが生き残れば良し。負けた場合でも、自分が水都を守る。苛烈ですね」

「……父上……」

眼鏡を外し、ニケは目元を手で覆った。

『銀華《ぎんか》』が眩い光を放ち――空中を駆け抜け、飛散。輝く光の雨が水都にキラキラと降り注いでいく。都市全域を覆う信じ難《がた》い魔力はアトラの力だ。

魔杖《まじょう》を振り、空中に水都の広域図を展開。無数の赤点が蠢《うごめ》いている。

「……光属性上級探知魔法『光域戦図』。このような規模、お前に常識はないのかっ⁉」

ニケが何度も頭を振った。そう、言われましても。

地図を眺め、リディヤへ問う。

「どうしようか？　正午までに――うん？」

「何よ？　変な顔――……あ」

「？　先生？？」「姉様？？」「…………」「むむむ～？」

懐中時計の蓋を開けた僕は刻み込まれた数字に初めて気が付き、不覚にも動揺。

視線を彷徨わせている紅髪《あかがみ》の少女をまじまじと見つめる。

――王立学校の入学試験日。初めて魔法が使えるようになった日。そして僕の誕生日。

「えっと……」「なによぉ……」

妙に照れてしまい、二人して挙動不審になってしまう。

誕生日の贈り物、決めていないや。どうしようかな。

「「「…………」」」「あ！　ち、ちょっとっ‼」

現実逃避していると、ティナ、リィネ、カレンがリディヤのポケットから懐中時計を取り出し、僕が持っている物と交換した。強くなった、と褒めるべきなんだろうか。

手を叩《たた》き、意識を変える。

「とにかくです！　僕達は正午までに中央島の旧聖堂に辿《たど》り着き、ニコロ君とトゥーナさんを奪還。聖霊教の目論見《もくろみ》を防がないといけません。リディヤ？」

「勿論《もちろん》——殲滅《せんめつ》するわ。私達なら負けない。そうよね、カレン？」

紅髪を手で払い、『剣姫《けんき》』は不敵な笑みを見せた。

名前を呼ばれたカレンは軍帽を直し、瞳の色を紫に染めていく。

「当然です。兄さんと一緒なら何も怖くありません。ティナ、リィネ？」

「全面的に同意しますっ！」「兄様、リィネだって戦えますっ！」

薄蒼髪の公女殿下は胸を張り、赤髪の公女殿下は短剣の鞘《さや》を叩いた。

……ステラとエリーがいてくれたら、もう少し穏便だったのに。

「アレンさん、そういうのを、人は儚《はかな》い夢って言っているんだと思いますぅ～★」

「心を読まないで——リリーさん！」「はい～♪」

直上から突然急降下してきた小型骨竜に、メイドさんが『火焔鳥《かえんちょう》』を放つ。

騎乗していたフード付き灰色ローブを纏《まと》った男達——聖霊教異端審問官達は、直撃寸前に高く跳躍。空中に鎖を張り巡らし、足場を形成。

その直後、炎の凶鳥は小型骨竜に直撃。声なき悲鳴をあげた。

「カレン、遅れるんじゃないわよ？」「リディヤさんこそっ！」

『剣姫』と『雷狼《らいろう》』が空中で十字に交わり、

『～～～～～～！！！！！』

両羽を両断され、異形の怪物が地面へ落下していく。

大剣を持っているとは思えない程の速さで、リリーさんが宙を駆け、

「えいやぁぁぁぁぁっ！！！！！」

凄《すさ》まじい斬撃。小型骨竜の首が宙を舞った。

片刃の短剣を引き抜いた男——敵隊長格のラガトが叫んだ。

「結界発動！」『諾！』

男達は次々と巻物を開き、強力な軍用結界を即時発動。地上へ降下してくる。

……嫌な魔法式だ。アトラを傷つけた戦略拘束魔法式の一部が使われているな。

ニケが短杖を振るう前に、

「『させないっ！』」

ティナとリィネが多数の氷槍《ひょうそう》と炎槍《えんそう》をラガト達へ叩きこむ。

膨大な量が質を凌駕《りょうが》し、男達は次々と被弾。

しかし、蠢く魔法式が瞬《また》き、見る見る内に傷を癒やし、地上へ降り立つ。

……『蘇生《そせい》』の乱造品を発動させたのか。

僕は手でティナ達に魔法を止めるよう指示し、前へと進み出た。

「先生？」「兄様？」

ティナとリィネが困惑しながらも、魔法の発動を止めた。

僕の気持ちを察し、リディヤとカレンは何も言わず、ニケは厳しい顔のままだ。

「幾つか質問します。僕達の居場所を貴方《あなた》達に教えたのは『黒花《こっか》』ですか？」

「知ってどうする？　貴様等は今から死ぬのだっ！！！」

『聖女様と、聖霊を讃《たた》えよっ！！！！』

異端審問官達が唱和し、一斉に魔法を発動しようとし――

「！　なんだと……ぐっ？」『がはっ⁉』

悉《ことごと》くが自壊。何度繰り返しても、発動しない。僕は淡々と理由を説明する。

「以前も言いましたよね？　『蘇生』『光盾《こうじゅん》』の残滓《ざんし》は見飽きました。その魔法は人の身を蝕《むしば》む呪いに近い。主人に返してやれば、そうなるのは自明でしょう？　質問その二です。骨竜の召喚をしているのは使徒イーディスですか？」

「……ククク。そうだとしたら、どうするのだっ！　見よっ‼」

ラガトが短剣で上空を指し示すと、雲を引き千切り十数頭の小型骨竜が姿を現した。

イーディスは『勇士の島』で僕とリディヤに一蹴されたのを、根に持っているようだ。

ティナとリィネが武器を握り直し、カレンとリリーさんも迎撃態勢を取る。

——一人、リディヤだけは泰然。

「質問その三——『三日月』と『黒花』、ヴィオラという剣士は旧聖堂ですか？」

「そうだっ！　しかし、そんなことをお前達が気にする必要は、っ！」『⁉』

怖い物知らずの聖霊教異端審問官達の顔が恐怖で歪《ゆが》み、一歩、二歩、と後退する。

僕は『銀華』を翳《かざ》し、宣告した。

「もう十分です。……ただですね」

アトラの歌が聞こえ、天と地が震え、この世のものとは思えない雷鳴。

小型骨竜の群れが慄《おのの》くように逃げていく中——ラガトが絶叫した。

「ば、馬鹿な！　こ、これ程の魔力っ！　聖霊を信じぬ貴様如《ごと》きに使いこなせる——」

「アトラの前で——貴方達の魔法式を使わせる程、僕は人間が出来ていないっ！」

水都全域に純白の雷が駆け巡り、魔杖に集束。

ラガトと異端審問官達は覚悟を決め、自爆魔法式を展開させ、突撃してくる。

『オオオオ！！！！　聖女様の御為《おんため》にっ！！！！！！』

「【閃雷《せんらい》】」

轟音《ごうおん》と閃光《せんこう》が空間を支配し、衝撃と突風が咲き誇る花場を散らし、「「きゃっ！」」とティナとリィネが僕へしがみ付き、リディヤとカレンはリリーさんに守られている。

――やがて、光と風が止《や》んだ。全身から魔力が消えていく感覚。

右手を見やると、紋章が消えていく。アトラは眠ってしまったようだ。

「ティナ、リィネ、もう大丈夫ですよ」

「……は、はい。せ、先生⁉」「兄様の……可愛らしい耳と尻尾がありませんっ！」

少女達は驚き、残念そうな顔をした。

リディヤが魔剣を鞘へ納め、複雑な表情のカレンをからかう。

「……消える前に触りたかったんでしょう？」

「なっ⁉　そ、そんなこと、ありません。え、冤罪《えんざい》です。そうです」

「アレンさん～♪　私は次の機会でもふもふしてもいいですかぁ？」

「……駄目です。取り敢《あ》えず、数は減らしました」

水都上空を制圧していた小型骨竜の群れが悉く消えている。アトラが力を貸してくれなかったら、リディヤとカレンの魔力を借りねばならず、消耗していただろう。

「………信じられぬ」

ニケが、感嘆とも畏怖とも取れる、呟《つぶや》きを漏らした。

小型骨竜の大量召喚は、戦術禁忌魔法『故骨亡夢《ここつぼうむ》』の応用だと推測出来る。

全滅させれば時間を置かずの連発は難しい。何せ、【双天《そうてん》】の禁忌魔法なのだ。

叩くなら、今っ！

そこまで考え、僕は薄青髪の青年へ視線を向けた。心底嫌そうな顔。

「……何だ？　どうせ、碌《ろく》でもないことなのだろう？」

「お願いを聞いてほしいだけですよ　君なら楽勝です」

面倒事は優秀な人物に押し付けよう。

――ニケ・ニッティは、水都屈指の出来物なのだから。

＊

「行動しているのは、水都にいたアトラス侯国軍と聖霊教側についた雑多な部隊か。ホロントの軍は中央島に集結。ただし、騎士や魔導兵の姿はなし、と……」

至る所で小規模な戦闘が発生し、黒煙が立ち昇る水都。

身体強化魔法と二属性魔法『天風飛跳《てんぷうひちょう》』を併用し、建物の屋根から屋根へと移動しながら僕は呟いた。先程の探知結果に、サキさんの小鳥の偵察情報を加え、ほぼ敵情は解明出来ている。別邸で別れたニケ達も無事『勇士の島』へ辿り着ければよいのだけれど。

一気に水路を飛び越し、空色の屋根へ着地。振り返り、指示を出す。

「このまま……みんな？　どうして、さっきからそんなに怒っているのかな？」

『…………』

余裕で追随してきたリディヤとカレン。少し遅れながらも自力で機動出来ているリィネ。

そして、殿《しんがり》のリリーさんに抱えられているティナ。全員が僕へ細目。

ティナ、リィネ、カレンが次々と詰《なじ》ってくる。

「……先生は、随分とニケさんを信頼しておられるんだな、と思っただけです」

「東都での戦いに続いて、ようやく私達を頼って下さった！　と思っていたのに……」

「兄さんは昔からそうです。リチャードさんやスイさんにも凄《すご》く頼っていました」

僕がニケへ難しい仕事を頼んだのが癪《しゃく》に障《さわ》ったらしい。

困り果て、年上組に助けを求める。

「リディヤ、リリーさん……」

「諦めなさい。あんたの罪よ」「戦後の裁判が楽しみですぅ～★」

「……うぅ」

進退窮《きわ》まり、肩を落とす。

――けど、難戦を前に軽口を叩ける関係性は悪くない。

時折攻撃してくる敵兵を制圧しつつ、騒然としている都市内を北上。

一路、旧聖堂を目指していき――

「止まってっ！」「止まりなさいっ！」

『！』

中央島手前の島へと続く大橋『旅猫橋』で、僕とリディヤはみんなを制止させた。

上空に黒き花が咲く。

「――骨竜共をまとめて墜《お》としたか。中々にやる。生意気な末席の小娘が、屈辱に顔を歪めながら頭を下げてきたのは愉快だったぞ。褒めてやろう」

白の魔女帽子に魔法衣。手に禍々《まがまが》しい魔杖《まじょう》を持ち、背には漆黒の羽。

使徒次席『黒花』イオ・ロックフィールド。足止めかっ！

先頭の僕とリディヤは魔杖と魔剣を握り締める。

使徒が魔杖を横に振った。黒き花が再び咲く。

「だが、此処《ここ》までだ。貴様等を今、行かせるわけにはいかんのでな。忌々《いまいま》しい吸血姫の獲物を横取りするのも悪くない。まぁ、死んでおけ」

『オオオオオオオオオオオ！！！！！！』

雄叫《おたけ》びをあげながら、大橋に降り立ったのは巨大な異形の存在だった。

兜《かぶと》を被《かぶ》って顔を覆い、身体の左半身だけに鎧《よろい》。右半身には黒い植物が蠢《うごめ》いている。

リディヤが顔を顰《しか》め、呟く。

「トニ・ソレビノ……」

『首狩り』ケレブリン・ケイノスへの復讐《ふくしゅう》心から、ニッティを裏切った老家宰は、今や人の姿すらなくしてしまっていた。兜の奥に光る瞳は憎悪《ぞうお》に染まり切っている。

空中に浮かぶ恐るべき魔法士が哄笑《こうしょう》。

「時間が足らなくてな、少々強引な施術となってしまった。長くは生きられぬが……」

『っ⁉』

異形が右手を払うと、衝撃が発生し大橋の表面を抉《えぐ》った。出鱈目《でたらめ》に過ぎるっ！

「それなりに強力だ。昨晩は見逃したが、今日は慶賀すべき日。全員潰してやろう」

使徒の魔力が爆発的に膨れ上がり、僕達を睥睨《へいげい》。外見に惑わされてはいけない。

半妖精族は魔法士として紛れもなく世界最強なのだ。

「アレン」「……うん」

リディヤが魔剣を構えながら短く僕の名前を呼んだ。

——僕達の倒すべき敵はこいつじゃない。自分を叱咤《しった》し、決断を下す。

「リィネ、カレン、リリーさん」

魔杖を振るい、僕はイオとトニの周囲に氷属性初級魔法『氷神蔦《ひょうじんちょう》』を多重発動。

魔法障壁の一部を自壊に追い込みながら、リディヤと共に走り出し、叫んだ。

「こいつは任せますっ！　リリーさん！」

「！　はいっ‼」「了解です～☆」「きゃっ！」

カレンとリィネは即座に応じ、僕達の突破を助けるべく、炎槍と雷槍をイオ達へ速射。

リリーさんは変わらぬ口調で僕へティナを投げ渡す。

浮遊魔法と風魔法を発動させ、ティナを背中に受け取り、僕は先行するリディヤを追って、大橋を駆けに駆ける。氷蔦、炎槍、雷槍を一気に吹き飛ばしたイオの嘲り。

「はっ！　そう簡単に行かせる、と思って——っ⁉」

先程砕かれ、宙を舞っていた魔法に干渉し再活性化。

氷、炎、雷の鎖を形成し、イオとトニの四肢に纏《まと》わりつかせる。

「貴様っ！」

「少し油断し過ぎだと思いますよ？」「邪魔よっ！」

使徒が憤怒《ふんぬ》を叩《たた》きつける横を駆け抜け、リディヤと共にトニの右腕を一閃《いっせん》！

『アアアアアアアア！！！！』

植物の腕を両断し、一気に大橋を渡り終える。後方の状況を一瞬確認。

炎と雷が直撃する中、トニの腕が再生するのがはっきり見えた。尋常な魔法じゃない。

僕の不安を搔《か》き消すように、リィネ達が攻撃魔法にも負けない大声を発した。

「兄様、姉様！」「行ってくださいっ！」「御褒美《ほうび》は逢引《あいびき》でお願いします～♪」

背中のティナが「リィネ、カレンさん、リリーさん……」と呟き、手を握り締めたのが分かった。リディヤと目を合わし、頷《うなず》き合う。

――旧聖堂へっ！

＊

「……リリー？　ちょっと聞いてもいいかしら？」

兄様達の姿が見えなくなった所で一旦魔法の発動を止めた私は従姉《いとこ》を詰問《きつもん》すべく、目を

細めました。『逢引』とは聞き捨てなりません。

視界は舞い上がった石の破片で閉ざされています。利《き》いてはいないでしょう。

「リィネちゃん、敵が違うよ？　アレンさんと魔力を繋《つな》いでいるのは、誰～？」

二振り目の大剣を虚空《こくう》から一気に引き抜いたリリーが、のほほんと指摘してきました。

髪と瞳を深い紫に染められていくカレンさんが十字雷槍を振り、淡々と返答されます。

「私は兄さんの世界で一人しかいない妹なので」

下の水路に破片が落ちる音がし、視界が回復していきます。橋の土台は木製？

剣の切っ先に『火焔鳥《かえんちょう》』を紡《つむ》ぎ、私も応答。

「……決めました。この戦いの御褒美は『魔力を繋いでもらう』にします！」

リリーが双大剣を無造作に振り、突風を生み出し、前方へ叩きつけました。

──イオと異形は無傷で健在。

金の瞳に不快を示し、使徒が魔杖を向けてきました。

「……舐《な》められたものだな。私と戦えば、死ぬぞ？　『欠陥品の鍵』も酷な……いや、戦術としては正しい。『捨て駒』で足止めするのは悪くない策だからな」

「「──……ふふ」」

私達は顔を見合わせ、吹き出してしまいました。分かっていませんね。

「……何がおかしい。恐怖で呆《ほう》けたか？」

「いいえ」「見当違いがおかしかっただけです」「先陣、行きますっ！」

リリーが双大剣持ちとは思えない速度で疾走していきます。私達も少し遅れて追随。

右腕を振るい、トニが気持ちの悪い腐った植物の枝で迎撃。

しかし、普段よりも遥《はる》かに猛《たけ》る炎花は枝を全て焼き尽くし、突撃を継続します。

「貴様等っ！」

未《いま》だ空中にいる使徒が魔法を放とうとした――その瞬間でした。

跳躍した私とカレンさんは炎蛇の短剣と十字雷槍を横薙《な》ぎ！

紅《あか》と紫。魔法の剣身が瞬時に広がり、強大なイオの魔法障壁を切り裂きました。

「！　我が魔法障壁をっ⁉　っ！」「私もいますっ！」

驚愕《きょうがく》するイオを、リリーは双大剣で大橋の外れまで吹き飛ばします。

その間に私とカレンさんは風魔法を使って空中で方向転換。

鋭い植物の枝で迎撃してきたトニへ『火焔鳥』を放ち、欄干へ降り立ちました。

背に炎の熱さを感じながら、前方空中の使徒へ啖呵《たんか》を切ります。

「兄様は、私達を『捨て駒』なんて思っていませんっ！」

「兄さんは、私達を信頼し、貴方《あなた》の相手を託したんです」

私達の感情に合わせ、無数の炎片と紫電が舞い踊ります。

リリーも双大剣を広げ、大人びた横顔で揶揄《やゆ》。

「大好きな人の為《ため》なら、女の子は強くなれるんです。覚えておいてくださいね？　頭が良《い》いだけの使徒様？」

イオの小さな身体が怒りに震え、苛立《いらだ》たしそうに魔杖を幾度か振り、怒号。

「師と同じ台詞《せりふ》を吐くなっ！　不愉快極まるっ‼　トニっ！！！！」

『オォォォォォォォ！！！！』

炎の中で異形が咆哮《ほうこう》。

身体を再生させながら現れ――黒鳥の襲撃を受け、態勢を崩しました。魔法生物⁉

「せいやーっ！」

上空の軍用飛竜から片側に長い乳白髪を纏めたメイドが飛び降り、無骨な黒き双子短剣で右腕を両断！

「……兄者、何という姿に……」

男性の沈痛な呻《うめ》きがはっきりと聞こえ、水属性上級魔法『大海水球』がトニに直撃。後退を強います。私とカレンさんは驚き、目を見開きました。

「サキ！　シンディ‼」「貴方は……！」

音もなく石橋に降り立った二人のメイドと、騎士剣《きしけん》を携えた初老の紳士が挨拶。

「リンスター公爵家メイド隊第六席サキ、アレン様の命により、参上致しました」

「同じくー！　第六席シンディでーす☆」

「パオロ・ソレビノ――ニケ・ニッティ様のご厚意により、参陣仕《つかまつ》る」

兄様とニケ・ニッティは、イオがトニを使役することを見越してっ⁉

驚愕していると、鞭《むち》と双短剣を構えたサキとシンディが私達へ目配せ。

頷き――トニを三人に託し、私とカレンさん、リリーは使徒と相対しました。

大気を震わす程の魔力を発し、威圧してきます。

「……虫共がっ。私を余り怒らすなよ？　そんなに惨《むご》たらしく死にたいかっ‼」

「馬鹿ですね」

剣と短剣を交差させ――音を立てて、滑らすと剣身が炎を纏いました。

姉様が為《な》さるように、不敵に言い放ちます。

「拘束されたのは貴方の方です！　旧聖堂には絶対に行かせませんっ‼」

＊

リィネ達にイオの足止めを任せ──僕達は水都中央島、古めかしい旧聖堂に辿《たど》り着いた。

傍《そば》にある、水都と当初の南北侯国数を表す十四本の大柱を持つ白亜の大議事堂の敷地《しきち》内にこそ、幾つかの軍旗がたなびいているものの……。

「ホロント侯国の兵士達がいない？」

探知魔法を静謐《せいひつ》発動するも、弾《はじ》かれ内部の様子は不明。立ち並ぶ建物にも気配はない。

背中のティナも顔を覗《のぞ》かせ、不安そうに周囲をキョロキョロ。

「し、周囲に隠れているんでしょうか？」

前衛を務めてくれているリディヤが、石畳を殊更に踏みしめながら振り向いた。

「気配は感じないわ。……とっとと降りなさいっ！　はしたないでしょうっ！」

「……はぁい」

若干私情が混じっているような指摘を受け、薄蒼髪《うすあおがみ》の少女は渋々僕の背中から降りた。

背中の長杖《ちょうじょう》を手にし、真剣な表情に変わる。良い顔だ。

そんな教え子を見やりつつ、僕は御機嫌斜めな紅髪の少女へ尋ねた。

「罠《わな》……かな？」

「かもしれないわね。でも――問題がある？」

リディヤは僕と視線を合わせ、傲岸不遜に嘯《うそぶ》いた。

「邪魔する相手は、斬って、燃やして、斬る！　そうでしょう？」

僕の相方、『剣姫《けんき》』リディヤ・リンスターは揺るがない。

「……君には、ほんと敵《かな》わないよ」「そうよ？　覚えておきなさい」

旧聖堂内ではあの恐るべき吸血姫が僕達を待ち受けている。

けど――それぞれの持つ魔剣、魔杖、長杖を重ね、僕は少女達へ頷いた。

「行こう、決着をつけに！」

「ええ」「はいっ！」

剣と楯《たて》が描かれた石製の大扉を開け、僕達は旧聖堂内部へと足を踏み入れた。

昼間だというのに、精緻な薔薇《ばら》が刻まれた大柱には魔力灯が揺らめいている。

建物にはなだらかな傾斜が付けられ、十数の階層があり、最下部の中央部分には陽《ひ》の光が差し込む大舞台。かつてはあそこで演説が行われていたのだろう。

大舞台の中央部分には穴が開いていて、左右に砕かれた石碑が転がっている。大図書館の司書の言葉を思い出す。危険かつ貴重な書物は全て旧聖堂の地下に運ばれている。

階段前には木製の椅子が一脚。

「——あら？　もう来たの。随分早かったわね」

黒傘の下で古書を読んでいた、黒帽子に黒衣を纏《まと》う美女が静かに立ち上がった。長く美しい黒銀髪が靡《なび》く。その後方には、フード付き灰色ローブを纏った少女が控えている。

吸血鬼に堕《お》ちた魔王戦争の英雄——『三日月』アリシア・コールフィールド。

古書を閉じて、黒傘をクルクルと回しながら、アリシアは小首を傾《かし》げる。

「イオちゃんは一生懸命なのだけれど、詰めが甘いのよね。抜け駆けするなら、頑張ってもらわなきゃ。でも、そこが可愛《かわい》くもあるし……ヴィオラちゃんはどう思う？」

「興味がありません」

「つれなーい。いいわ。ここまで来た御褒美に昔話を教えてあげる」

黒衣の美女はクスクスとあどけなく笑った。

それが……ただただ恐ろしい。自然と魔杖を持つ手に力が入ってしまう。

吸血姫が席を立った。古書の表紙が目に入る。

——**『魔王戦争秘史《まおうせんそうひし》　下』**。

下巻を大図書館で回収していたのか。

舞台の上を歩き出し、アリシアはまるで女優かのように、滔々《とうとう》と語り出した。

「――昔、水都には連合の侯爵を束ねる侯王と呼ばれる者がいた。初代は大陸にその名を轟《とどろ》かす魔法士だったそうよ。王の一族は数百年に亘《わた》り、穏健な統治を行っていた」

僕はリディヤとティナへ手で指示し魔法を紡ぐ。ホロント侯国の騎士や兵士達、魔導兵も地下にいるらしく、多数の魔力を微《かす》かに感じる。……深い。

アリシアの口調が変化し、沈痛さが混じった。

「けれど――とある時代、初代に匹敵する程魔法の才を持ち、とてもとても欲深き者が侯王となった。『自分なら何でも出来る！』。ありがちな話よね？　後の時代に『最後の侯王』と呼ばれたその男が欲《ほっ》したのは――永遠の命だった」

「永遠の命？」「…………」

ティナは言葉を繰り返し、リディヤは刃のように鋭い視線を向ける。

黒傘で顔を隠し、アリシアが続ける。

「当時の水都は、水竜と花竜の加護を受けていただけでなく、世界樹の子も根付いていた。貴方達が『大樹』と呼んでいるものね。男はその力の活用を試みたの。寂しがり屋な大精霊【海鰐《かいがく》】と永遠を生きる為に。フフフ……人の『器』では無理なのに」

！　大精霊【海鰐】⁉　じ、じゃあ、旧聖堂の『礎石《そせき》』というのは……。

吸血姫が口元だけを覗かせ、嗤《わら》う。

「分不相応の野望は身を滅ぼす。世界樹の子は呪われて狂い、水都の旧市街は呑《の》み込まれた。侯王は海を割ったという怪物と白髪の英雄に助力を乞い、世界樹の子を切り倒した」

アリシアは黒傘を下げ、表情を隠した。声色も冷たくなる。

「けれど暴走は収まらず。民は【海鰐】の力を使えっ！　と侯王に迫った。その結果——彼は訴えを拒んで自らに呪いを封じ、水都最深部にあった黒扉に身を投げた。残された民は自分達の罪を悔いたけど、もう全て遅かった。記録抹消刑にもしてしまっていたしね」

どの史書にも記されていない未知の歴史に、頭の理解が追いつかない。

最後の侯王が狂った大樹の子を自らの身に封じ、【海鰐】を庇《かば》って黒扉に身を投げた。四英海《しえいかい》で見た、あの謎の扉がこの地下にも存在する？

「その後——民は双竜に助力を乞うて結界を張り、この地に生きる者にとって神と同義だった、【海鰐】ごと封をする羽目に陥ったの。此処《ここ》が『旧聖堂』なんて呼ばれるようになったのは、後ろめたさ故だったんでしょうね」

アリシアの歩みが止まり、石碑の破片を見下ろした。

「これを砕くのも大変だったみたい。イーディスちゃんが泣いていたわ。名も無きティへリナの魔法士が置いたようね。双竜の結界は言わずもがなだし……水竜の遺骸を用いた

【双天《そうてん》】の仕掛けも厄介だった。きっと性格の悪い女だったんでしょう。結界の補強の為に、水竜の遺骸を地下にわざわざ安置する？　神域化しかねない行為だわ」

点と点が繋《つな》がり、線を形成していく。

カルロッタ・カーニエンはこの歴史を探った結果、排除され、カーライルを操る『罠』にされたのか？

同時に、仕掛けがまだ解けていないのなら、喰《く》い止める可能性は残っている。

……でも、『きっと』だって？

アリシアは四英海の小島の底で、リナリアと遭遇している筈《はず》だ。吸血姫へ静かに問う。

「……ニコロ・ニッティとトゥーナ・ソレビノは何処《どこ》です？」

リディヤとティナの身体《からだ》に力が入るのが分かった。

黒衣の美女が唇に指を当て、犬歯を覗かせる。

「想像しているようなことにはなっていないわ、私もあの子も、小さな子の死体は昔を思い出して苦手だしね。血をほんの少し貰《もら》っただけよ。此処の――」

今日初めて、アリシアが銀の瞳を僕達へ向けた。

「底の底にある最後の封『黒扉』を開ける為には、侯王の血が、『先祖返り』をして精霊に好かれる者の血が必要だったの。『樹守《きもり》の末』までいたのは幸運だったわね」

嘘《うそ》は言っていないかもしれない。けれど、二人の魔力が感知出来ないのは？

不安を振り払うように、リディヤが魔剣の切っ先をアリシアへ突き付ける。

「話は終わり？　要はあんた達を斬って、下へ降りれば嫌でも——っ」

「じ、地震？」

突然、旧聖堂全体が震え始めた。ティナが不安そうに長杖を握り締めた。

——ゾワリ。

首筋に凄《すさ》まじい寒気が走り、僕は咄嗟《とっさ》に氷属性初級魔法『氷神壁』を多重発動。

「リディヤ！　ティナ！　全力で魔法障壁をっ‼」

「了解」「は、はいっ！」

舞台の前方階層に亀裂が走り——毒々しい赤黒い無数の閃光《せんこう》が噴出した。

床だけでなく、半数以上の階層を破損させ、天井をも貫通。崩落させていく。

衝撃に耐えながら、目線を下へ向けると、地下にぼんやりとした魔法陣が見えた。

「「なっ!?!!」」

地下から巨大な物体がゆっくりと上昇してきた。

がらんどうの左右六眼と中央の一眼。長細い口には長剣のように鋭い歯。ボロボロな巨大な羽。身体に皮膚はなく、毒々しい赤黒に染まり、心臓には漆黒の水が込められた球体。

微かに……ほんの微かに、ニコロとトゥーナさんの魔力を感じる。

水竜の遺骸を動かす為《ため》、二人を制御の核として使ったのかっ⁉

ティナが頭上を見上げながら、呆然《ぼうぜん》とした様子で名を口にした。

「……り、竜？」

「違います。竜はこんな……こんなに醜くはありません」

──竜とはこの世界で最も美しい生物。

確かに人知を遥《はる》かに超え、時に災厄を齎《もたら》す存在だが、その事実だけは揺るがない。

閃光が収まり、太陽の弱々しい陽が差し込む中、転移魔法の光。

深紅に縁どられた純白のローブ姿の使徒が姿を現し、アリシアの前で片膝をついた。

「イーディスちゃん、もう少し待ってほしかったんだけど？」

「……申し訳ありません。制御が上手《うま》く利《き》かず。双竜の結界解呪未達成も深謝を」

一瞬、使徒と視線が交錯。強い嘲り。地下では未《ま》だ気持ち悪い魔力も蠢《うごめ》いている。

「ですが──『竜骨』『呪われた侯王の贄《にえ》』『樹守の末』と殉教者百名により、起動に成功致しました。水竜の遺骸を用いた『屍竜《しりゅう》』です。生体には劣るとも……十分かと」

「そうね。──それとぉ」

黒衣の美女は首肯し、瓦礫《がれき》の頂点へ跳躍した。ヴィオラも後に続き、僕達を見下ろす。

殉教者……ホロント侯国の騎士や兵を犠牲に⁉

——旧聖堂自体に毒々しい瘴気《しょうき》が満ち、床が再び揺れ、何かが這《は》いまわる感覚。

「ちっ！」「せ、先生。地下に何かいますっ！」

リディヤが舌打ちして四方に大炎波を速射。ティナも悲鳴をあげながら魔法障壁を更に強化。破壊音が轟き、漆黒で腐臭を放つ植物の枝が床や壁から飛び出してきた！

旧聖堂が業火《ごうか》に包まれる中、僕は目を見開く。

「呪われた大樹の枝？　じ、じゃあ……⁉」

瓦礫の頂点に立ち黒傘を差す吸血姫が、ヴィオラと屍竜を従え淡々と告げてきた。

その間も無数の枝は空間を汚《けが》していく。

「あの子が双竜の結界の本格的な解呪を始めたみたいね。侯王が数百年浄化し続けた残り滓《かす》でも……屍竜と合わせたら、水都の一つや二つ、潰せると思わない？」

「そんなことっ！」「させないわ」「止めてみせますっ！」

こんな存在達を水都の外に出すわけにはいかない。喰い止めないとっ！

転移魔法陣が虚空《こくう》に出現し——もう一人の使徒、ホッシ・ホロントが現れた。

「アリシア様、発動準備完了致しました」

「ありがとう、イフルちゃん。イーディスちゃんと一緒に退《さ》がっていいわ」

「有難《ありがた》く」「……はっ」

使徒二人は転移の呪符を翳《かざ》して、消える。それを見送ったアリシアは、

「さて、と」

黒傘を畳み、瓦礫の頂点を軽く突いた。

「「っ！？！！」」

いきなり七つの血の如《ごと》き紅《あか》い柱が立ち昇り――消失。

僕達が戸惑っていると、闇が差し込んだ。

「せ、先生っ！　あ、あれを見てくださいっ！」

ティナが天井の穴から空を指差した。

――太陽が少しずつ欠けていく。

「そんなっ⁉　正午まではまだ時間が――……こ、この魔法式。魔導兵と残るホッシの騎士と兵がいなかったのは……やはりっ、屍竜と同じく魔法発動の犠牲にっ⁉」

黒帽子に触れ、炎の中に立つアリシアがリディヤを見た。

「アヴァシークで『炎魔殲剣《えんませんけん》』を撃ったのよね？　なら、考えたことはない？　『戦術禁忌魔法があるなら、戦略禁忌魔法も存在したんじゃないか？』って。この魔法の名は」

アリシアの髪と瞳が色を変えていく。

「戦略禁忌魔法『永劫紅夢《えいごう》』。星の流れを狂わせ、明けない紅き月夜を顕現する」

旧聖堂に紅き月光が差し込み、全てを染め上げた。黒き枝の勢いが増していく。

双竜の結界が解かれたっ⁉　ティナが恐怖を口にする。

「せ、先生……そ、空に紅い三日月が、三日月が浮かんでいますっ！！！！」

僕自身も叫びたくなるのを堪えつつ、リディヤへ目配せ。

アリシア、ヴィオラ、屍竜。暴走している大樹の子……狭い空間で戦うのは不利だ。

吸血姫が謳《うた》うように故事を語る。

「【双天】は理外の存在をも超える真の怪物だった。でも——類稀《まれ》な『質』であっても、圧倒的な物量には分が悪い。だから、彼女はこう考えた。『敵は物量で攻めてくる。なら、自分の力を……【魔女】の力を最大限発揮出来るように世界を書き換えればいい』。紅き月の夜に力を増すのは、吸血鬼の特権じゃないわ。【魔女】という一族、その中でも一部の血統が発現させる特殊な力でもあったの。一つ賢くなったわね、だけどぉ——」

アリシアの髪と瞳が、血の如き赤銀髪と緋眼《ひがん》に変わった。

「これから惨《むご》たらしく死んでしまうし、全て無意味かしら？」

「「っ!!」」

凄まじいとしか形容出来ない、桁違いの魔力。

『七竜《しちりゅう》の広場《ひろば》』で交戦した時を遥かに上回っているっ！

黒傘を剣のように、ダラリ、と下げ、アリシアは愉悦を零《こぼ》した。

「さ、話はお仕舞い。新しき時代の『流星』を、『流星』唯一の副官、アリシア・コールフィールドが手折る――フフフ。興奮してしまうわ。精々無駄な抵抗をしてね？」

*

「――よって、我が権限を貴殿、ニケ・ニッティへ託す。責任は全て私が取る故、指揮を執ってくれ。これは……連合の為、その身を犠牲にしてくれたニエトの案でもある」

「はっ……失礼致します」

私は酷《ひど》い疲労を隠せなくなっている侯国連合統領ピルロ・ピサーニへ頭を下げ、臨時の指揮所の天幕を出た。多くの兵や避難した住民達が不安そうに天幕を張っている。

――水都最北の地『勇士の島』。

守る兵はピサーニとニッティ。カーニエンとロンドイロの者達も加わっている。

数万に達する住民の退避は難儀になると思われていたが、獣人族が使える船を事前に集めてくれておいたお陰で、大きな問題はなかったようだ。

久方ぶりに会った獺《かわうそ》族のジグ翁《おう》の言葉を思い出す。

『アレンの指示だ。感謝するこったな、ニケ坊主《ぼうず》』

……『感謝』。それを返すのが困難極まる相手なのですよ、ジグ殿。

愚にもつかぬ思考を振り払い、島の埠頭《ふとう》で退避の指揮を執っているロアから状況を確認すべく、私は通信宝珠を取り出した。

通信妨害はない。敵魔法士が交戦しているからだろう。

話しかける前に、冷たい声が耳朶《じだ》を打った。

「貴殿が全権を任されたようだな、おめでとう、と言うべきか？　ニケ・ニッティ殿？」

「……カーライル」

盟友ホッシ・ホロントに裏切られていたカーニエン侯爵が、投げやりに続ける。

「だが、特段何かをする必要もあるまい？　奇妙な骨の竜を全て叩《たた》き落とした恐るべき雷は、『剣姫《けんき》の頭脳』殿によるものだろう。貴殿はこの地を堅守すれば……っ！」

「──！」

私達は空の異変に気付き、頭上を見上げた。

――正午でないにも拘《かかわ》らず太陽が、欠けていく。

次いで、紅き三日月が現れて、島内を紅く紅く染め上げた。

「あ、あり得ないっ！」「こ、この世の終わりだ……」「水竜様と花竜様に祈りを」「まだ、母さんと父さんが残って！」「い、いったい、何が起こっているの？」。兵と住民達の間に激しい動揺が拡大していく中、ロアの悲鳴が響いた。

『ニケ！　カーライル！　水都全体が黒い植物の枝に襲われていますっ！　このままでは他地区の住民にも被害がっ！』

間違いなく――聖霊教の仕業。どうすればいい？　狼族《おおかみ》のアレンならば？

瞑目《めいもく》し、ロアへ指示する。

「了解した。ロンドイロ嬢は、獺族のジグ殿とこちらの指揮を執ってくれ。私は船の一部を用いて水都へと戻り、住民の避難を――」

「無駄だ。止《や》めておけ」

『カーライル!?　何を言ってっ！』

カーニエン侯爵が私の言葉を遮ってきた。肩を竦《すく》め、淡々と自らの判断を示す。

「……昼間を夜に変え、水都全体をも沈めんとする相手だぞ？　化け物の相手はあの英雄様に任せ、生き残ったのなら、栄誉や褒賞《ほうしょう》を与えればいい。まずは、この場にいる者達を逃すことに注力すべきだ。私達は英雄などではない。私は妻と部下の安全を優先する」

確かにそうだ。戻ったところで犠牲を出すだけかもしれぬ。

――……だが。

私は徐《おもむろ》に、カーライルへ近づき、

「がっ！」『な、何っ⁉　ねぇ、ちょっとっ‼』

思いっきり侯爵を殴り倒した。ロアの戸惑いが聞こえてくる。

周囲で空を眺め、不安そうにしていた兵や住民達も硬直。動きを止めた。

私は荒く息を吐き、呆然《ぼうぜん》としている貴公子を怒鳴りつける。

「**この――……このっ、大馬鹿者めっ！！！！！！！！！！！！！！**」

『っ！？！！！』

島内にいる者達と、通信宝珠を持つ者達が一斉に息を呑《の》んだ。

私は構わず、カーライルの胸倉を摑《つか》み無理矢理立たせ、叫ぶ。

「私は諦めないいっ！　諦めることを許されてもいないっ‼　水都の誰一人として見捨ても

しない！　あいつは、あのお人好《ひとよ》しの大馬鹿者は、狼族のアレンはっ！　私を……この凡百の男に過ぎぬ私、ニケ・ニッティを信じた！　そして、今……」

恐るべき魔力が増していき、島すらも震え始めた。カーライルを睨《にら》みつける。

「自らを楯《たて》とし、必死に時間を稼ぎ出している。その気になれば逃げられるのにだっ！」

胸を押して、カーライルと距離を取り吐き捨てる。

「栄誉？　褒賞？　……はっ！　馬鹿も休み休み言えっ！　奴がそんな物を望むのならば、どれ程容易《たやす》い話だったかっ！　奴は確信しているだけだ。『こうすることが人として正しい』と。連合の貴種、侯王の子孫、知恵者、と散々持て囃《はや》されてきた我等《われら》よりも――」

カーニエンの別邸で託された言葉を思い出す。

『住民の避難は君に全部任すよ。ジグさんに話は通しておいた。後はよろしく』

歯を食い縛り、叫ぶ。

「狼族の養子の方が遥《はる》かに高潔で無垢《むく》、そして――勇敢だった。これは単にそういう話に過ぎんっ！　……意味が分かるか、カーライル？　我等は今こそっ！　今こそっ‼　この身体《からだ》に流れる『血』などではなく、自らの意志と行動で、自らの存在価値を証明せねばならんのだっ！　でなければ……でなければばっ！！！！」

凄《すさ》まじい激情が心の中を荒れ狂う。私は、こんな男ではなかったのだ。

水都の名門ニッティ家の嫡子。侯国連合の次代を担《にな》う者。才溢《あふ》れる魔法士。

そのまま生きていけば、微睡《まどろみ》の中で死んでいけただろう。

――だが、私は王立学校で出会ってしまった。

新しき時代の英雄『剣姫』『光姫』、その先を歩む者に。

幼き日、私が憧れた『流星』の如き者に。

全てを振り払い、宣言する。

「どうして、一歩たりともこれより先へ進めようかっ！」

普段の私を知る者達が『信じられない』といった表情で見てくる。俯《うつむ》き自嘲。

「……私に才はない。奴に見えているものなぞ、皆目分からぬ。だが」

唖然《あぜん》としたままのカーライルの肩を摑む。

「今、私と、貴様の双肩《そうけん》にっ！　守るべき者達の、我等の故郷、水都で生きる同胞達の命が懸かっていることは分かるっ！　分かるのだっ‼　……今一度言うぞ」

何時《いつ》の間《ま》にか、周囲の喧騒《けんそう》が止んだ。次々と魔力灯が光り、兵は隊列を整えていく。

「奴は――生きていれば今後の大陸の運命すらも変えるだろう、狼族のアレンはっ！　この私を信頼し、勝ち目の乏しい戦いに笑顔で出向いた」

『剣姫』と『剣姫の頭脳』は強い。

——だが、相手もまた怪物なのだ。勝てるかは竜に祈るのみ。腰の短杖《たんじょう》を叩く。

「私は、私達はっ！　その信にこたえねばならないっ。死んでも応えねばならないのだ。そうでなければ……仮に生き残ったとて、父祖に、父と母に、弟に、貴様の細君に、何と言うのだ？　私は愚物であろうとも、臆病者になったつもりはないっ！！！！」

カーライルは目を伏せ、大きく肩を震わせた。兄を討つべく戦場へと戻ったパオロを思い出す。力及ばずとも、人には為《な》さねばならぬものがある。

「ああ、分かっている。分かっているとも。……我等、英雄に非《あら》ず。なれど！」

摑んでいる手に力を込め、咆哮《ほうこう》。

「託された。託されたのだっ！　奴は今もこの瞬間も戦っている。戦い続けている。私が、私達が必ず己の責務を果たす、と信じてっ！　王都の地で、私は排斥されていた奴の……狼族のアレンの手を取らなかったにも拘らずだっ！」

王立学校は確かに優れた教育機関だった。

しかし……水都よりも、獣人族に対する唾棄すべき差別がまだ色濃く残っていた。

そして、私は、ニケ・ニッティはアレンを助けようとはせず、見て見ぬ振りをしたのだ。

……恥は雪《すす》がなければならない。

「貴様は侯爵で、私は侯子。先に挫《くじ》けるのは許されない。英雄になれずとも——人として、正しくあり続けることは自らの意志によって出来る。私は王都でそう学んだっ！」

貴公子を押し、自分の服装を直して揶揄《やゆ》。

「──どうだ？　自分が何者だったか、少しは思い出したか？　カーニエン侯爵閣下？」

美しい細工の施された片手剣の鞘《さや》に触れ、侯爵は同意した。

「……ああ。ああ！　そうだ。そうだった！　私はカーニエン侯爵。誰よりも優しき、カルロッタ・カーニエンの夫だ。自分はともかく妻の名を汚《けが》すわけにはいかぬな」

「ふんっ」

拳を突き出し、互いの心臓に押し当て──頷《うなず》き合う。

「よろしい、ならば己《おの》が義務を果たせ。最悪の場合、女子供だけでも海上へと逃すっ」

すぐ動けるニッティとカーニエンの兵達が私達の前に整列した。

皆の目には強い決意。水都は我等の都なのだ。カーライルへ何気なく告げる。

「無論──その際は我等が殿《しんがり》ぞ？　後の面倒事はロンドイロ嬢に全て片付けてもらう」

「同意しよう。ロア、後は頼んだ。一筆書いておけばいいかい？」

『！　ち、ちょっとっ‼　ニケ⁉　カーライル！！！！』

ロアの必死そうな叫び。周囲にいた兵士達が失笑を漏らすと、全体に波及していく。

突然──隊列の先頭にいた、カーニエンの老僕が胸甲を叩いた。

「総員！　ニケ・ニッティ侯子、カーライル・カーニエン侯爵閣下に敬礼っ‼」

その場にいる兵だけでなく、通信宝珠からも金属音。一斉の唱和。

『我等も共にっ！！！！！　水都は我等の都なりっ！！！！！』

心が乱れる。私が誤れば、この者達を死なせてしまうかもしれないのだ。

「………馬鹿共めっ。だが」

震える声で悪態を吐き、空を眺めると二頭の美しいグリフォンが飛んでいた。

ふと――希望を感じ、ぎこちなく微笑《ほほえ》む。

「感謝する」

＊

不気味な紅《あか》い三日月の下――『旅猫橋』における、私達とイオ・ロックフィールドの死闘は続いていました。周囲では植物の枝が建物を倒壊させています、急がないとっ。
戦術禁忌魔法を使いこなす恐るべき魔法士を相手に、私達が取った戦術は単純明快。

——徹底的な接近戦。

「ちっ！　面倒なっ‼　私を誰だと——っ」「興味ないですぅ～★」

距離を取ろうと、黒き風の刃を乱射する空中のイオに対し、リリーは無数の炎花の常時展開と三属性魔法『花紅影楯《かこうえいじゅん》』で突破し、双大剣で魔法障壁を切り裂きました。

「リィネちゃんっ！」「ええっ！」

私は落下する、イオへ炎龍の短剣を一閃《いっせん》。炎の斬撃が容赦なく襲い掛かります。

「舐《な》めるなっ！」

けれど、使徒は態勢を立て直し、私の斬撃を防ぎ切りました。

その横を突くべく、壊れる気配のない大橋をカレンさんが閃駆《せんく》！

雷が形を変えていき、『狼』の顔に。そのまま、イオを噛み砕《か》《くだ》かんっ！　としますが、異次元な魔法障壁に防がれ、弾《はじ》かれてしまいました。先程からこの繰り返しです。

トニを、サキ達とパオロが相手をしてくれているが故の拮抗《きっこう》——正直、千日手です。

イオが空中で苦々し気に吐き捨てます。

「……三面倒な。【炎龍】の短剣を、そこまで使いこなすとはっ。そして、貴様！　『欠陥品の鍵』と魔力を結んでいるな？　他者に魔力を委ねるとは……何《いず》れ後悔するぞっ」

兄様の能力を知っている？

そんな私達の隣でカレンさんは身に纏《まと》う雷を活性化。平然と言い返しました。

「後悔？　あり得ませんね。第一、兄さんは私の魔力を一滴も使ってくれていません」

「……魔法制御の補佐を受けているだけと？　あり得ぬっ！」

姉様やティナも言っていましたが、兄様は中々魔力を使ってくれないそうです。

想像するしかないのですが、干渉し易《やす》くなるのを懸念《けねん》されているのでしょう。

近くの建物の屋根が吹き飛び、植物に覆われた異形が石橋に叩《たた》きつけられました。無数の傷を負っていますが、見る見る内に癒えていきます。

次いで、鞭《むち》と双短剣を持った二人のメイドと老紳士が降り立ちました。

「サキ！　シンディ！」

二人合わせて第六席のメイド姉妹は目で私へ無事を報《しら》せながら、嘆息しました。

「……しぶといですね」「書庫でやり合った時よりも、再生能力が段違いだねー」

騎士剣《きしけん》を構えたパオロが悲痛な面持ちになりました。

「私が血路を開きます、その隙に――っ」『！』

全員が水都中央島上空を凝視しています。

――巨大な何かが……あり得ない生き物が飛翔《ひしょう》している。

私とカレンさんは動揺し、声を震わせました。リリーも目を細めます。

「あ、あれって……」「まさか、そ、そんな……」

「竜、ですね。様子がおかしいみたいですけど……」

冷静沈着なサキと快活なシンディですら顔を引き攣《つ》らせ、パオロも絶句しています。

空中に浮かぶイオが苦々し気に吐き捨てました。

「ちっ。イーディスとイフルめ、急ぎ過ぎだ。だが、残念だったなっ！『欠陥品の鍵』と『リンスターの忌《い》み子』は死ぬ。……『ハワードの忌み子』は生き残るだろうが」

「なっ！　そんなことっ‼」

瞬間、憤怒《ふんぬ》が込み上げてきましたが「……リィネ、落ち着きなさい」という、カレンさんの言葉で我に返ります。格上の相手に、心理戦でも負けたら敗北は必定です。

……でも、ティナだけは生き残る、とは？

疑問を解消する前に、イオの魔杖《まじょう》に黒き風が集束し始めました。戦術禁忌魔法！

「多少なりとも、楽しませてくれた礼だ。お前達も私が殺してやろう」

「撃たせちゃ、駄目っ！！！！」

私の叫びを聞き、全員でイオへ突撃を敢行しますが——トニが右腕を大きく横薙《な》ぎ。

無数の腐った枝が生まれ、私達の行く手を阻《はば》みます。

枝を双短剣で切り裂き、シンディが真剣に訴えてきました。

「……ちょっと、洒落《しゃれ》になってないかもー！　リィネ御嬢様《おじょうさま》、『切り札』の許可を」

「？　『切り札』って⁉」「シンディ、駄目よっ！」

私が戸惑う中、鞭を振るうサキが激しい口調で拒絶の意志を示しました。

えっと、どうすれば――

「どなたかは存じませんが、そこの美人メイドさんが正しいと思います。アレン先輩のお説教間違いなしです。ああ見えて……怒ると凄《すご》く怖いんですよ？」

『！』

頭上から、少女のぼやきが降ってきました。上空では二頭のグリフォンが舞っています。

まさか、増援っ⁉

直後無数の呪符が舞い――イオを取り囲むと、刃が嵐のように襲い掛かりました。

虚をつかれた使徒は禁忌魔法の展開を中断。魔法障壁で防ぎながら、怒号。

「ティヘリナの符術だとっ⁉　何者だっ！」

「知らない人とお喋《しゃべ》りする趣味はありません。同居人が怒るので」

魔女帽子を被《かぶ》り、手には木製の杖。左肩に黒猫姿の使い魔さんを乗せた少女――テト・ティヘリナさんは、物怖《ものお》じせず応じました。私をちらり。間髪容《い》れずに叫びます。

「カレンさん！　リリー！　目標変更ですっ！」

「ええ！」「はいっ！」

私達はトニ目掛けて、全力で魔法を放ちました。

二羽の『火焔鳥《かえんちょう》』と炎花の嵐。大雷槍《らいそう》が大橋の枝を一掃！　突撃路を形成します。

シンディを先頭に、サキ、パオロが後に続き――三人はトニへ時間差攻撃を敢行。

黒い血しぶきが上がり、植物の両腕が宙を舞います。

『アアアアアア！！！！！！』

「リィネ！」「リィネちゃんっ！」「はいっ‼」

異形が両腕を再生しようとする中、カレンさんとリリーが私の名前を呼びました。

私は片手剣と短剣を交差させ――一気に解き放ちますっ！

『！？！！』

業火《ごうか》の斬撃がトニの両腕を完全に消滅させます。それでも、再生を試みますが――

「兄者っ！　御覚悟っ‼」

老紳士の騎士剣によって深々と心臓を貫かれ、兜《かぶと》が零《こぼ》れ落ちました。

鮮血が石橋に滴《したた》り落ち、異形の顔が人へ戻っていきます。

「！　…………………パ、オロ、か？」

「……はい」

老紳士の顔は見えません。……見えませんが、きっと。

復讐者《ふくしゅう》と化したニッティ家の老家宰がほんの微《かす》かに笑み。

「……面倒をかけて、あい済まぬ。ニッティ家とトゥーナを、たの──……」

トニの身体《からだ》は灰となり、消失。騎士剣が大橋に突き刺さり、寂し気な音を奏《かな》でました。

「兄者………おさらば……おさらばですっ」

パオロが別れを告げていると、イオを無数の呪符を用いた刃の速射で抑え込んでいたテトさんが、ふわり、と空中から降りてきました。

使徒は頭上で苦虫を噛み潰したかのような顔をしています。

いずれ、私達の先輩になるだろう少女がアンコさんを撫《な》で、溜《た》め息《いき》。

「はぁ……とんでも魔法士さんですね。先輩は難敵強敵に遭遇し過ぎです。私みたいな一般人は命が幾つあっても足りません。かと言って、ギルの失態は私達全員の失態。早めに恩を返しておかないと……。シェリル王女殿下もお怒りでしょうし……うぅ……」

『一般人……？』

教授の研究室って、どんな魔境なんでしょうか？

額に手をやり、イオが頭を振りました。私とカレンさん、リリーを睨《にら》んできます。

「ちっ……止《や》めだ、止めだっ！　興が削《そ》がれた。紅月の下で夜猫と殺し合う程、私は愚か者ではない。だが――……三度目はないぞ！　よく覚えておけっ‼」

黒い花が出現し――使徒の姿が掻《か》き消えました。退けたようです。

煉瓦《れんが》造りの建物が黒い枝に呑《の》み込まれていく音を聞きつつ、私は提案します。

「すぐ移動しましょう。兄様達を助けに――」「待ってください」

テトさんが私の言葉を遮りました。

「多分、今から行っても間に合いません。あと、アレン先輩ならこう言われると思います。

『僕達よりも、まずは住民の救助を！』って」

確かにそうです。この大橋に不気味な植物の枝は攻撃をしかけてきませんが、水都内には逃げ遅れた住民が多数存在しているでしょう。……でも。

「――……分かりました。住民の皆さんの救助を優先しましょう」

「ええ」「はい～」

カレンさんとリリーの同意に、心の負担が軽くなるのを感じます。

二人のメイドと老紳士も恭《うやうや》しく頭を下げてきました。

「リィネ御嬢様、露払いは私とシンディが務めます」「お任せください！☆」

「水都の地理は隅々まで頭に入っております。御役に立てるかと」

頷《うなず》き、自分の心を静めます。大丈夫。大丈夫です。兄様と姉様は誰よりも御強い。

そして――近くにいるからこそ知っているんです。

私の親友ティナ・ハワードが本物の天才であることを。

早くも新たな呪符の展開を開始されている、魔女っ子さんにお願いします。

「テトさん、話を聞かせて下さい！　二頭のグリフォンに乗っていたのは、誰ですか？」

＊

分厚い石扉は、ヴィオラの斬撃によってバターのように切り裂かれた。

「っ！」「きゃっ！」

咄嗟《とっさ》にティナの手を取り一撃を回避した僕は、旧聖堂の外へと退避した。

現実とは思えない紅月が不気味に光り、『贖罪《しょくざい》の広場』を紅《あか》く紅く染め上げている。

無数の黒い枝が旧聖堂の屋根を突き破り、屍竜《しりゅう》も醜悪な姿を現す。

単独でアリシアを抑えてくれていたリディヤもまた飛び出してきて、僕達の傍《そば》へと着地した。同時にヴィオラが前傾姿勢を取り、長剣を突き出しながら疾走。速いっ！

僕はティナを守り、魔杖の穂先に雷刃《らいじん》を形成。辛《かろ》うじて必殺の突きを防ぐ。

剣士は唇をほんの微かに動かし、そのまま空中を駆けるように、背を向け一回転。斬撃を僕へ振り下ろしてきた。濃厚な死の香り。

「舐めるんじゃないわよっ！」

リディヤが獅子吼《ししく》し、魔剣で受け止める。甲高い金属音と閃光《せんこう》とが連続。

一瞬の間に、二人の少女の間に百近い斬撃のやり取りが交わされ——大回転しながら、後退したヴィオラへ、リディヤは数十の大火球を叩きつけた。

旧聖堂前の広場全体が炎上。枝の侵入をも阻む結界となる。

紅髪の公女殿下は前を向いたまま、薄蒼髪《うすあおがみ》の公女殿下を強い口調で叱責した。

「ティナ、呆《ほう》けないでっ！　戦力になりなさいっ‼」

「わ、分かってますっ！」

少女が自分の両頰を叩き、気を取り直すと、長杖に結ばれた蒼《あお》のリボンが煌《きら》めく。

「さぁ、どうするの？　『流星』を継いだのならばこの程度、悠々と凌《しの》いでほしいわね」

炎を黒傘で払い、アリシアとヴィオラ、屍竜が結界内へ侵入して来た。

出し惜しみが出来る相手じゃない。戦略禁忌魔法の解呪法も不明な以上、長期戦も不利。

——僕は左手を伸ばし、教え子を呼んだ。

「ティナ！」「はいっ！」

薄蒼髪の公女殿下が、すぐさま僕の手を握り締める——魔力の繫《つな》がる感覚。

「ん……」と、少女は小さく声を漏らし、一気に氷華《ひょうか》が舞い散り始めた。

クルクルと動いていたアリシアの黒傘が停止。眉を顰《ひそ》める。

「ああ、魔力を繋いだの。でも無駄――」

僕は最後まで言わせず、退避しつつ仕込んでおいた試製炎属性上級魔法『紅炎燎原《こうえんりょうげん》』と風属性上級魔法『嵐帝竜巻《らんていたつまき》』を同時一斉発動！

巨大な炎の竜巻はアリシア達を呑み込み、周囲一帯に大炎上を引き起こした。

ティナが大きな目を見開き、前髪を立たせる。

「……上級魔法、二十四発の同時一斉発動。凄い。凄過ぎます……」

「すぐ出来るようになりますよ。それに――効いていません」

竜巻を絃《げん》で切り刻み、無傷の吸血姫が剣士を従え嗤《わら》いながら現れる。

傷ついている屍竜ですら灰光を瞬《またた》かせ、再生していく。『蘇生《そせい》』持ち。

僕は魔杖に次の魔法を紡《つむ》ぎ、強張《こわば》った口調で軽口を叩《たた》く。

「……リディヤ、どうしようか？　あの人達、物凄《ものすご》く強いんだけど？」

「考えなさい。斬って、燃やすのが私の仕事よ。他はあんたの仕事！」

少女の整った顔にも、何時《いつ》にない強い緊張がはらんでいる。

「先生、リディヤさんっ！　竜がっ‼」

ティナが僕達へ注意を促した。屍竜の顎が大きく裂けていく――毒の息吹《いぶき》かっ！

ヴィオラが長剣を肩に置き、薄赤の魔力を揺らめかせながら突撃。

「ちっ！」「させませんっ！」

リディヤが剣士と激しく切り結び、ティナは屍竜の頭に巨大な氷塊を叩きつけた。僕も魔法を放つべく、魔杖《まじょう》を大きく振り――黒傘を瞬時に畳んだアリシアが石畳を踏み壊し、一本の槍《やり》のように飛んだ。深紅の瞳が爛々《らんらん》と輝いている。端《はな》から目標は僕かっ！

咄嗟に氷属性上級魔法『閃迅氷槍《せんじんひょうそう》』を速射するも、影すらも射抜けない。

「これで――全部お仕舞いよっ‼」「「アレンっ‼‼」」

アリシアの嘲り。リディヤ、ティナの悲鳴。

時間が妙にゆっくりと感じる中、炎花を蹴散らした黒傘は僕を貫かんとし、

「ん。そうでもない」「主役は後から登場するからのっ！」

『⁉』

新たな参戦者の応答に敵味方関係ない、驚きの呻《うめ》き。

黒傘を長槍《ながやり》に弾《はじ》かれ、アリシア自身も蹴りを腹に喰《く》らってヴィオラと激突。屍竜は分厚

い魔法障壁で氷塊を受けていたところを、手刀で切り裂かれ、旧聖堂の壁に墜落した。

上空では軍用グリフォンと純白の蒼翠《そうすい》グリフォンが舞っている。

地面へと降り立った、白みがかった美しい金髪で、腰に古めかしい剣を提げている美少女と、美しい翡翠《ひすい》髪で長槍を手にしたエルフの美女が僕達へ向き直り、ニヤリ。

「ん。間に合った」「良い機《い》であったろう？」

『勇者』アリス・アルヴァーンと『翠風《すいふう》』レティシア・ルブフェーラ。

この二人が来てくれるなんて……。

呆気《あっけ》に取られていると、小柄な美少女が近づいて来て、両手を広げた。

「アレン。再会の抱擁を希望。御仕事をしに来た私を労《いたわ》ってほしい」

「ア、アリス、どうして……いや」

様々な事柄が頭を掠《かす》めたものの、僕はそれを振り払った。

片膝をついて左手を取り、命の恩人に頭を恭しく下げる。

「再びお会い出来て光栄です――『勇者』アリス・アルヴァーン様」

美少女は表情を変えず、微かに目元だけを動かした。

「……アレンは意地悪。大変嘆かわしい。弱虫毛虫と同志の影響。後でお説教する」

「へぇ……」「わ、私もですかっ⁉」

怒りの炎羽《えんば》がアリスを脅すように猛《たけ》り、ティナは自分が指差し戸惑う。

そんな三人のやり取りを見守りながら、僕は体勢を戻し、エルフの美女へ会釈《えしゃく》。

「レティ様」

「相手は自称『三日月』。我が出なくて何とするっ！……だが、奇妙な話よ」

百戦錬磨の英雄様は折れた黒傘を捨て、黒衣の埃《ほこり》を手で払っている吸血姫へ長槍を突き付けた。そこにあるのは哀切と確信。

「我が盟友アリシア・コールハートは死んだ。血河《けつが》の地で。『流星』と共に」

旧聖堂を瓦礫《がれき》の山に変え、屍竜が飛翔《ひしょう》。アリスは目を細め「……外道。許すわけにはいかない……」。桁違い、としか表現できない魔力の高まりに慄然とする。

エルフ族の勇士がアリシアへ刃《やいば》の如《ごと》き目を向けた。

「故に我は問わねばならぬ——そこな吸血鬼よ」

黒衣の美女の動きが止まった。僕達は固唾を呑む。

槍を回転させ、地面を苛立《いらだ》たし気に突き刺し、レティ様が弾劾される。

「『アリシア・コールフィールド』を名乗る汝《なんじ》はいったい何者だっ！」

「「……えっ？」」

リディヤとティナが驚く。……やっぱり、そうか。

僕達は目の前の吸血鬼を『三日月』だと判断していた。けれど、所々に齟齬《そご》がある。

レティ様と同格なら今の奇襲は受けなかったろう。

三日月形のイヤリングを弄《いじ》りながら、アリシアは唇を尖《とが》らせた。

「ひどーい。私は貴女《あなた》の顔を覚えているのに、貴女は私の顔を忘れてしまったの？」

「確かに……顔はアリシアと酷似しておる。物言いもあ奴《やつ》そのままだ」

「当たり前でしょう。だって、私はアリシア本人――」「だがっ！」

レティ様は言葉を遮り、槍を大きく振られた。怒気混じりの暴風が吹き荒れる。

「だが、アリシアは……私の親友は！　世界がひっくり返ろうとも、吸血鬼に堕《お》ちるような弱き心の持ち主ではなかった。たとえ、目の前で『アレン』を喪《うしな》ったとしてもだっ！」

言葉の端々に、あるのは『流星』と『三日月』への強い想《おも》い。

エルフの美女は槍を突き出し、吐き捨てた。

「何より、その髪色。あ奴の髪は美しい白銀ぞ。――吸血鬼になって変わった？　馬鹿も休み休み言え。アリシアは『忌《い》み子』であると同時に『白の聖女』候補だった。その残り香が、吸血鬼になった程度で消せると思うてかっ！」

「……何を言っているの、レティ？」

理解不明、という表情となった吸血姫はふわり、と身体《からだ》を空中に浮かべる。

後方のヴィオラが前傾姿勢を取り、魔力を集束し始めた。

レティ様の槍を持つ手が震えた。

「……やはり貴様は、断じてアリシアではないっ！　あやつは、我を終生『レティ』などとは呼ばなんだっ！　ただ、『シア』と呼んだのだっ！　貴様は真っ赤な偽者《にせもの》ぞっ！」

「………………あは」

アリシアの背に蝙蝠《こうもり》の如き漆黒の翼が出現した。

自分を叱咤《しった》し、リディヤとティナへ目配せ——真の戦いはこれから。

目元を押さえ、犬歯を見せながら、吸血姫が嘯《うそぶ》く。

「悲しいわぁ。とてもとても、悲しいわぁ。親友からそんな風に言われるなんて……」

紅月を背にし、空中の美女が手を外した。

——瞳にあるのは凄《すさ》まじい憎悪《ぞうお》。

水都全体を覆うかのような紅黒い魔力が、僕達を睥睨《へいげい》。無数の紅の花弁《はなびら》が舞う。

「じゃあ——もう殺すわね」

音を置き去りに、灰色の影が地面を走った。

――美しい。けれど濃厚な『死』の気配を漂わせる特異な抜き打ち！

だが、エルフ族の英雄は、首を狙ったヴィオラの一撃を槍であっさりと受け流された。

同時に、アリシアに対して風属性極致魔法『暴風竜』を叩き込んでいる……神業だ。

「古《いにしえ》の時代に打たれし、最も鋭き東国の刃――まだ遺っておったとはの」

「………」

ヴィオラは答えず、切り払い――舞姫であるかのように、跳躍。

回転しながら斬撃の雨を浴びせ、エルフの美女を押し込み、離れていく。

「レティ様っ！」

僕は魔法で援護しようとし――少女の白い左手に阻《はば》まれた。

風の竜を手であしらっている吸血姫を、アリスは視線で牽制《けんせい》し、淡々と指摘。

「風の姫は謎剣士の相手。私は――」

『アァァァァァァァァァァァァァァ！！！！！！！！！！』

絶叫しながら、屍竜《しりゅう》が僕達へ突撃。

「させませんっ！」「同志、大丈夫。ぴょん」

ティナを止め、白金髪の美少女が跳躍。雷を纏《まと》わせた小さな拳で巨大な屍竜の口を無造作に殴りつけた。巨大な牙がへし折れ、石畳に突き刺さる。

石柱の上へ降り立った美少女の勇姿を見つめ、ティナが顔を強張らせる。

『勇者』を僕達の常識に当てはめるのは不可能なのだ。炎風で髪が靡《なび》く。

「竜擬《もど》きを相手にする。侯王と樹守《きもり》の末は殺さない。アレンは憐《あわ》れな吸血鬼を」

「……うん」

短く応答し、リディヤとティナへ目配せ。

望外の増援を受けたとはいえ、僕達だけでアリシアを止めなくてはならないのだ。

炎の結界の中で屍竜が怒りの咆哮《ほうこう》を轟《とどろ》かせる中、美少女が僕を励ましてくれる。

「アレン、大丈夫。貴方《あなた》なら出来る」

ふっ、と心が軽くなった。黒竜戦の時もそうだったな。幼い容姿の勇者へ御礼《おれい》。

「有難《ありがと》う、アリス。君には助けられっぱなしだね」

「私の台詞《せりふ》。でも、手作りケーキでいい。泣き虫毛虫にはあげない」

「なっ！　あ、あんたねぇ……」

リディヤをからかい、アリスは石柱を無造作に蹴った。

態勢を整えた屍竜の頭を殴りつけ、炎を貫き、大議事堂の方向へと追い落としていく。

結界が閉じる直前、黒い枝が白亜の建物に巻き付いているのが見えた。

レティ様とヴィオラとがぶつかり合い、結界内に残る建物が倒壊していく音を聞きながら、僕は魔杖を大きく横へ薙《な》いだ。

全力発動した氷属性上級魔法『閃迅氷槍』を空中へ解き放ち、『暴風竜』を消滅させたアリシアの動きを阻害。その間に、リディヤとティナへ作戦案を心中で伝達する。

二人が戦意を高揚させているのがはっきりと分かった。

鬱陶しそうに氷槍《ひょうそう》を手で引き千切る空中のアリシアと、視線が交錯した。

緋眼《ひがん》に強い嫌悪《けんお》。

「その瞳……苛々《いらいら》するわ。私達を訪ねて来た……私の姉さんを奪い取った人とそっくりな、真っすぐで、綺麗《きれい》で、諦めを知らない――……あれ？　今、私、何を言ったの？」

アリシアが自分自身の言葉に戸惑い、動きを止める。

氷と光の破片が空中に煌《きら》めく中――僕は叫ぶ。

「ティナ！」「はいっ！！！！」

薄蒼髪《うすあおがみ》の公女殿下が氷属性上級魔法『氷帝吹雪《ひょうていふぶき》』を多重発動。アリシアが嘲る。

「そんな魔法が私に効くとでも――え？」

先程砕かれた氷と光が鏡を形成。猛烈な吹雪を乱反射させる。

リディヤの姿が掻《か》き消え、吸血姫の上方に遷移した――戦術転移魔法『黒猫遊歩《くろねこゆうほ》』だ。

左手を掲げ、一気に炎剣《えんけん》『真朱《しんしゅ》』を引き抜くっ！

「！　それは、リンスターの」「喰らっておきなさいっ！！！！」

吹雪を魔法障壁で防いでいたアリシアへ、炎属性極致魔法『火焔鳥《かえんちょう》』が襲い掛かり、業火《ごうか》と炎羽を撒《ま》き散らす。続けざまに空中を突進。

秘伝『紅剣《くけん》』を双剣に発動し、一気に振り下ろしたっ！

「はぁぁぁぁぁ！！！！！！！！！！！」「っ！！！！！！」

リディヤの気合に押されるように、アリシアは右手に漆黒の魔力を纏わせ、受け止めた。

魔力と魔力とがぶつかり合い、氷鏡が割れ、地面や柱に罅《ひび》が走っていく。

「――悪くはないわ。でも」「くっ！」

アリシアの魔力が増大。遂《つい》にはリディヤを弾《はじ》き飛ばした。

金属が千切れ飛ぶ音。父さんの魔札が衝撃を防いでくれたようだ。

「まだまだっ！」「あら？」

僕の指示を待たず、ティナはアリシアを巨大な氷柱《つらら》の中に閉じ込めた。『銀氷《ぎんひょう》』⁉

魔剣と炎剣を地面に突き刺し、険しい表情のリディヤと現状認識を共有。

「火力を向上させた『火焔鳥』。魔剣『篝狐《こうこ》』と炎剣『真朱』の全力攻撃は有効だ。ただし、アリシア本体には未《ま》だ傷一つとして与えられてない」

「そして、傷を負わされたら厄介な『残った魔力による治癒阻害』を受ける」

純白のリボンを解き、長杖《ちょうじょう》に結び付けていたティナが、満面の笑みを向けてきた。

「でも——先生には『切り札』がありますよね？」

気づかれていたらしい。

魔杖《まじょう》で地面を突き、次々と砕かれていく氷柱を補強しながら、額に手をやる。

「……使いたくはなかったんですけどね。だって」

「私達と深く魔力を繋《つな》ぎ、大精霊の力を引き出さないといけないから。さ、とっととしなさい！　この子もそう言っているし？」

リディヤが嬉々《きき》として僕の言葉を遮り、右手の甲を見せ、にじり寄って来た。

——『炎麟《えんりん》』の紋章が濃く瞬《またた》いている。

「先生っ！　私もですっ‼」

ティナも、その場で胸に右手を押し付け主張。

——『氷鶴《ひょうかく》』の紋章が薄く瞬いている。

僕の中にいるアトラが楽しそうに歌うのが分かった。……他に手段はない、か。

「リディヤ、ティナ」

「──ん」「はい……」

さっきまではしゃいでいた二人は一転、少し恥ずかしそうに俯《うつむ》く。

僕はそれぞれの額に唇を落とし、魔力の繋がりを深めた。

──白の世界が広がる。

まず、抱き着いてきたのはアトラ。その近くにいたのは、深紅の長髪と長い鳥羽《とば》混じりの蒼金髪二人の少女。三人共、お揃《そろ》いの白服を着ている。

──大精霊『炎麟』と『氷鶴』。

幼女の頭を撫《な》でて、話しだす。

『このままじゃ、みんなを守れない。だから──』

本当にこれで良《い》いのかな？　僕はこの子達を守る、と誓って……。

幼女が嬉《うれ》しそうに尻尾を大きく振った。目を瞑《つぶ》り、少女達へ乞う。

『どうか……どうか、僕に力を貸してほしい。僕の大切な子達を守る為《ため》に』

『氷鶴』と『炎麟』は顔を見合わせ――小さく頷《うなず》き、微笑《ほほえ》んでくれた。

アトラが紅髪《あかがみ》の少女に抱き着くのを見ていると、蒼金髪の少女が辛《つら》そうに目を細める。

『力は貸す。けれど、『海鰐《かいがく》』はもうこの地にはいない。あの子は優しい人の王を本気で愛してしまった。……悲しみは癒えず、世界を漂っている。どうか救ってあげて』

『いない？　それって――』

――白の世界が崩れ落ちた。

目を開けると、間近に二人の公女殿下の顔。頬を染め、恥ずかしそうだ。

屍竜の悲鳴と、レティ様とヴィオラが激しく切り結ぶ音を聞きながら、質問。

「えーっと……リディヤ、ティナ？　どうかしたかな？」

「「！　は、はいっ‼」」

二人の背が伸び、挙動不審。

……もしかして、大精霊達のやりとりを感じ取られて？

直後、氷柱が一気に弾け飛び、アリシアが憤怒《ふんぬ》を叩《たた》きつけてきた。

「ああああああ！！！！！　苛々するっ！　本当に苛々するわっ‼　……もう、いい。全部、全部、全部っ！！！！！　終わりにするっ！！！！！！」

紅月の下、吸血姫の右手に、桁違いの魔力が結集。

揺らめく漆黒の長剣が顕現した。右手の指輪が光り、リナリアの声が聞こえた。

『魔王の黒剣──【消《き》え去りし詠月《えいげつ》】』

恐怖に耐え、僕は魔杖『銀華《ぎんか》』を高く掲げた。発動には時間が必要だ。

「リディヤ、ティナ、時間をっ！」

「任せておきなさいっ！」「先生は魔法をっ！」

『火焔鳥』と『氷雪狼《ひせつろう》』がアリシアへ襲い掛かり、魔法障壁に激突。

黒帽子を吹き飛ばされた吸血姫が、左手に魔力で片手斧《おの》を作り出し、凶鳥と氷狼《ひょうろう》の頭を叩き潰し、猛火と吹雪を撒き散らしながら、絶叫する。

「無駄な抵抗をしないで、さっさと死んでっ！　私に勝てる筈《はず》ないんだからっ‼」

二人はアリシアの緋眼を真正面から受け止める。ここだっ！

──一気に魔力の繋がりを深める。

リディヤが『黒猫遊歩』で間合いを瞬時に詰め、魔剣と炎剣をアリシアへ全力で振り下ろした。片手斧と激突し、白炎と黒の魔力がせめぎあう。

少女の背に純白の八翼が輝く。『炎麟』の影響だろうか？　短い紅髪の毛先から炎が伸び長髪のようになっている。不敵な笑みを浮かべ、大啖呵《たんか》。

「私は明日、アレンに十八歳の誕生日を二人きりで祝ってもらうのよっ！　人生最良の時を目の前にして——死ねるもんですかっ！！！」

アリシアの顔が更に歪《ゆが》み、押されていく。

——結界内に雪風が吹き荒れる。

今まで見た中で最も巨大な氷属性極致魔法『氷雪狼』が顕現。背に双翼⁉

ティナの背にも蒼き八翼が現れ、リディヤと同じく毛先から氷が伸びていく。

「私だって、アレンに頼られたんですっ！　今の私は無敵ですっ！！！」

氷狼に白と黒の魔力が加わり——氷嵐と共に空中を疾駆し、アリシアを強襲した。

「っ⁉　こ、これは……！」

吸血姫の魔法障壁が罅割れていき——遂に貫く。

炎と氷が混ざり合い、恐るべき怪物を拘束した。

「「アレン‼」」

「ありがとう、リディヤ、ティナ。後は僕が！！！！」

魔杖『銀華』の宝珠が輝き――七つの光の柱が空へと立ち昇り、消えた。

アリシアもまた炎と氷を『剣』で断ち切り、月夜を確認し――絶句。

「なっ！？！！！　あ、貴方、いったい、何を、何をっ⁉」

「！　そ、空が⁉」「――ふふ♪　そうこなくっちゃ」

ティナも長杖を抱きしめながら驚き、リディヤは満面の笑み。

吸血鬼に弱点はない。天敵は『勇者』と『魔王』のみ。

――そして、幸か不幸か僕は、どちらの魔法式も見たことがあるのだ。

必要だったのは発動に足る膨大な魔力。

リディヤ、ティナと魔力を深く繋ぎ、『炎麟』と『氷鶴』、そしてアトラの力を借りた上で、リナリアの魔法式を組み込みようやく発動出来た。

僕は呆然《ぼうぜん》と紅夜を見つめる美女へ告げた。

「ローザ・ハワード様は正しいですね――『切り札』は持っておくものでしょう？」

一気に魔杖を振り下ろし、魔法の名を呟《つぶや》く。

「【流星】」

『永劫紅夢《えいごうこうむ》』を突き破り、無数の星々が旧聖堂一帯に降り注ぐ。

アリシアが激高。右手の『剣』に赤黒い魔力を集束させる。

「舐《な》めないでっ！　こんな魔法――っ！？！！！！！」

黒翠風《こくすいふう》と共に漆黒の槍《やり》――レティ様が魔王から奪い取った【揺蕩《たゆた》いし散月】がアリシアに投げつけられ、弾き返されるも、注意を大きく逸《そ》らした。

決定的な隙。

降り注ぐ星々がアリシアを呑《の》み込み――大閃光《せんこう》と大衝撃が走った。

「っ！！！！！」「先生っ！！！！！」「アレンっ！！！！！」

魔力を使い果たし無防備な僕を、ティナとリディヤが抱きかかえ、全力で魔法障壁を張り、耐え忍ぶ。嗚呼《ああ》……自分達まで巻き込んでしまうのは、要改善だな。

疲労困憊《ひろうこんぱい》で頭が全く回らず、ただただ、二人に身体《からだ》を預ける。

――……音が止《や》んだ。

限界を超えたせいだろう。ティナ、リディヤ、カレンとの魔力の繋がりが切れる。

「はぁはぁはぁ……」

僕は片膝をついて荒い息を吐き、周囲の様子を確認した。

先程まであった不気味な紅月は消え、青い空が見えていた。

旧聖堂は原形を留《とど》めておらず、石柱は倒れ、石畳も穴だらけ。暴走していた大樹の枝も引き千切れ、灰となって消えていく。

轟音《ごうおん》と共に屍竜《しりゅう》も目の前へと力なく落下。腐臭を放ち、黒球が転がった。

白い雷が飛び、黒球を割ると、中からニコロとトゥーナさんの姿。生きている。

ホッとしていると、無傷のアリスとレティ様が僕達の傍《そば》へ降り立った。

勇者様が左腰に手をやり、僕へお説教してくる。

「いけない子。私と魔王、魔女の魔法を盗んだ。要請求。即日私の従者に、むぐっ」

「幾ら同志でもさせませんっ！」「珍しくいい仕事よ、小《ち》っちゃいの」

ティナは勇者の口元を押さえ、リディヤが褒める。槍を肩へ乗せ、レティ様もニヤリ。

「我の【星槍《せいそう》】も盗んでおったか。魔王が聞いたら、大笑いするだろうのぉ」

「分不相応です。二度と発動出来ないと思います。しかも」

本心からの想《おも》いを告げ、辛《かろ》うじて立ち上がる。

――突風が吹き荒れ、崩壊した旧聖堂前にアリシアとヴィオラが見えた。

無表情の吸血姫は黒衣をボロボロにするも、目立った外傷は無く、剣士も無傷。

「あれでも、倒せない──」

言い切る前に、階段を登ってくる音が耳朶《じだ》を打ち──陽《ひ》が陰った。正午！

まず見えたのは、蒼く縁どられたフード付きの白ローブを纏《まと》い、木製の杖《つえ》を持つ若い男性魔法士。次に、長槍《ながやり》を持ったフード付き灰色ローブ。体格はカレンと変わらない。

──最後に姿を現したのは、石板を持つ純白フード付きローブの少女。

『！』

僕達の間に言いようのない衝撃が走る。

聖霊教の……聖女……？

若い男が杖を掲げた。アリシアに匹敵する魔力が集束していく。

大気だけでなく、水都そのものが大きく震え、亀裂が広がり、闇が増した。

「アレン」

勇者が剣をゆっくりと抜きながら、注意を喚起した。

──上空に出現し、落下してきたのは中央島に匹敵する程、巨大な黒い氷塊。

ティナが震えながら名前を零《こぼ》す。

「だ、大魔法『墜星《ついせい》』……？」

「風の姫、リディヤ」「分かって、おるっ！！！」「任せなさいっ！！！！」

アリスが短く名前を呼び、レティ様が左手に【揺蕩いし散月】を顕現させた。

勇者は剣を突き出し、輝く光を放射。

「『白雷《びゃくらい》』」

凄《すさ》まじい雷が空間を駆け、狙い違《たが》わず氷塊を直撃っ！　二つに分かつ。

レティ様が背に影風を纏い、両手の裏秘伝『星槍』を振るわれる。

「**一槍、献上仕《つかまつ》るっ！！！！！！！！！！！！**」

右の氷塊が無数の突きで霧散し、キラキラと地面に降り注ぐ。

リディヤが地面を思いっきり蹴り、

「**これでっ！！！！！！！！**」

双剣に『紅剣《くけん》』を発動させ、左の氷塊へ叩きつけた。

炎に包まれて幾つかに割れ、大運河や建物に落下、破壊を拡大していく。

――小さな小さな拍手が聞こえ、直後漆黒の世界が広がった。

その場にいたのは僕と聖霊教の聖女のみ。他には誰もいない。

石板を抱えているフードの下の少女の口が動く。

「こんにちは、私のアレン」

「！　僕の名前を？」

「知ってるよ。貴方《あなた》のことは、貴方よりも。やっと、会えた――嬉《うれ》しい」

くすくす、とまるで幼子のように笑う。

無邪気に。純粋に。幸せそうに――だからこそ、心の底から恐ろしい。

僕は魔杖《まじょう》を向け、問う。

「聖霊教は……いや、君は何を考えて、一連の事件をっ！　大陸西方列強を敵に回して」

「問題ないよ？」

聖女が口元に嘲りを浮かべた。数えきれない灰色の蛇が生まれ、蠢《うごめ》き始める。

「王国も、帝国も、侯国連合も――三列強が混乱を鎮《しず》めて、動けるようになるのは何年後？　頭が良い《い》人達はみんな、みんな、私の予想通り踊ってくれた。『自己犠牲』『高貴なる者の務め』――分かりやす～い。私は、東都で、王都で、水都で、欲しい物、全部を手に入れたよ？　アレン？　貴方だけは分かっているよね？　私の勝ちなの。憐《あわ》れなアリシア、愚かなイオ、可愛《かわい》いイーディスを退けても、その事実は変わらない。ほら、見て？」

蛇が一つに纏まり、剣翼を持つ大灰蛇へと変貌していく中、聖女が石板を示す。

「これは、最後の侯王の遺書。万が一に備え、世界樹の子を狂わせた魔法式を記し、黒扉の奥に封じた物。彼って、とっても優しかったんだろうね～。水都の『礎石《そせき》』――大精霊『海鰐《かいがく》』の代わりに自分の命を差し出して、彼女を軛《くびき》より解放するくらいには」

「なっ……」

僕は言葉を喪《うしな》う。同時に激しい違和感。

アリシアの言っていた話と違う？　彼女は【海鰐】がいると思っていた。

フードに手をかけ、聖女が僕を見た――深紅の瞳。

「旧聖堂に花園を作る、という『海鰐』との約束すら守れなかった――そんな情けないところも貴方にそっくり。とっても、とっても、愛おしいなぁ。殺されたくなるくらい」

「……君は」

漆黒の世界が崩れ、旧聖堂前の風景と音が戻ってきた。

『また、近い内に何処《どこ》かで。世界で一番愛おしい、私だけのアレン』

直後、少女の後方に黒の花を模した転移魔法陣が現れ、消えた。

魔力を探るも、違和感はなし。いったい、あの子は……。

「――おや？」「「！　アレンっ‼」」

力が抜けて倒れ込みそうになるのを、リディヤとティナが支えてくれた。

心配そうに瞳を潤ませている少女達へ御礼《おれい》を言う。

「……二人共、ありがとう。はは、情けないよね」

「……先生のバカ」「……後で本気のお説教なんだから、ね」

ティナとリディヤは僕の胸に顔を埋《うず》め、小さく呟いた。

カレン達は大丈夫かな？　イオを退けた後は、住民の救援に回ったみたいだったけど。

地面を見つめると、流れる水の勢いが増し、清らかさを増していく。

「せ、先生……」「ここで、来るの……？」

二人の公女殿下は呆然と空を見つめ、レティ様が片膝をつき、アリスが剣を納めた。

大きな影で陽が遮られ、僕も空を見上げた。


──左右三眼に中央一眼。四枚の青羽を持つ美しい竜が降り立ち、僕を見下ろす。


水都を守護せし『水竜』。

ぎゅっ、とティナが僕の右腕に抱き着いて目を瞑《つぶ》り、リディヤは不安そうに左袖を掴《つか》む。

僕は二人の少女へ「──大丈夫」と告げ、一歩進み出た。

清く澄んだ青の瞳を見つめ、深々と頭を下げ、心底からの謝罪をする。

「……………死した竜を辱《はずかし》めたこと、真《まこと》に申し訳ない。此度《こたび》の件──間違いなく人の落ち度。必ず雪《すす》ぐことを約します。信じていただきたい」

ボロボロになった水竜の遺骸が、ふわり、と浮かび上がった。顔を上げ目を合わす。

永遠と思える極々短い時間、竜は僕を見つめ続け——……大きく美しい翼を広げた。

暴風が吹き荒れ、水滴が生きているかのように、舞い、周囲全てを浄化していく。

静かな、けれど、水都全体に轟《とどろ》く竜の宣告。

『——健気《けなげ》な狼《おおかみ》の子よ。我は優しき侯王を殺した人族とは約さぬ。貴様とだけ約す。全ての恥を雪ぎ、大精霊の軛を解かんことを。優しき王と同じ瞳持ちし、懐《なつ》かしき『鍵』の子よ、名を聞いておこう』

僕は懐中時計を握り、名乗る。

「僕の名はアレン。誰よりも慈悲深き狼族ナタンとエリンの息子——アレンです」

『アレン……良き名だ』

竜が青き羽を羽ばたかせ、再度凄まじい突風。周囲一帯の浄化が更に進む。

——天高く歌っているのが聞こえ、威圧感が消えていく。

振り返り、硬直した薄蒼髪の公女殿下へどうにか笑いかける。

「ティナ、大丈夫ですか？」

「…………ハ、ハイ」

硬い表情。無理もない。水竜が怒っていたら、生き残るのは難しかったろう。

アリスは、余程の事がないと竜とは戦わない——リディヤが背中に抱き着いてきた。

「……ねぇ」

「今回は僕の責任じゃ……おや？」

またしても前方上空に強大な魔力反応。大きな白い花が出現した。

すぐさま、リディヤとティナが反応し、僕の前へ。今度は何だ？

転移魔法陣から、長杖を持ち白の魔法士姿の、長く美しい金髪が印象的な美少女と白狼《はくろう》が飛び出してきた。後にエルフの護衛隊も続く。地面に降り立ち、僕へ叫ぶ。

「アレン！　私が助けに来たわよっ‼　さぁ――敵は何処⁉」

「「…………」」「え、えーっと……」「はっはっはっ！　剛毅《ごうき》よのっ‼」「……腹黒」

僕とリディヤは顔を見合わせ、ティナは戸惑い、レティ様は笑い、アリスは悪口。

『光姫』シェリル・ウェインライト王女殿下。

一国の王女が、グレンビシーの戦略転移魔法を使って、交戦国の本拠地に来るなんて……相変わらず無茶苦茶が過ぎる。左肩に重み。

走って来るカレン、リィネ、リリーさんへ手を振りながら、ぼやく。

「……アンコさん、僕が関わると、どうして何時《いつ》も大事になるんですかね？」

黒猫姿の使い魔様は『自業自得《じごうじとく》』と鳴いた。

エピローグ

ベッドで眠り続ける女性——カルロッタ・カーニエンに、浄化魔法の光が降り注ぐ。

恐るべき『三日月』と聖霊教を辛《かろ》うじて退け、あっという間に一日が経《た》った。

被害を免《まぬが》れた水都中央島、ニッティ家の一室で魔法を発動しているのは四人。

僕の要望を聞く前に、水都からやって来てくれたステラ・ハワード公女殿下。

光属性魔法を極めているシェリル・ウェインライト王女殿下。

『花賢《かけん》』の称号を持つ半妖精族の長《おさ》チセ・グレンビシー様と、僕の教え子であるエリー・ウォーカーは浄化魔法の増幅と制御を補佐してくれている。

——温かい光が止まった。

希望と恐怖に揺れ動いていたベッド脇のカーライルが、自分の妻の手に触れる。

ゆっくりと女性が目を開け、彼の名を呼ぶ。

「…………カーライル、さま？」

侯爵の身体《からだ》が震え、妻の手を両手で包み込み、滂沱《ぼうだ》の涙を零して嗚咽《おえつ》。

「嗚呼《ああ》……嗚呼っ!!! カルロッタ! カルロッタ!! カルロッタ!!!」

「……どうしたんですかぁ? いやなことがありましたかぁ? 旦那様をいじめるひとはわたしが、やっつけちゃいますよぉ?」

僕達はカーライルと夫人を残し、部屋を出る。二度と聖霊教と組むことはないだろう。

開いている窓の外には星空が瞬《またた》いていた。白衣姿のステラへ御礼を述べる。

「有難《ありがと》うございました。……身体は大丈夫ですか?」

東都にいた時よりも、この子は明らかに光属性の力が増している。心配だ。

「それは私の台詞《せりふ》だと思います。……今回も『とても無理をされた』とティナ達に聞きました。明日、御時間をいただきたいです。エリーとお説教したいので」

「お、お説教しますっ!」

ステラとお揃《そろ》いの白衣を身に着けたエリーも同調。

「……降参です」

僕が聖女様と天使に勝てるわけがない。

三人で穏やかな空気を作り出していると、

「……ねぇ、アレン……?」

全ての障害をはねのけ、水都へやって来てしまった王女殿下が圧をかけてきた。何か言って欲しそうな顔をしているものの、敢《あ》えて無視する。この子とステラが来てしまったのは後で大問題に……ああ、ワルター様とグラハムさんに手紙を書かないと。

「「………」」「……う～。その顔、反則……」

考えていると、ステラとエリーが頰を染め、シェリルもそっぽを向いた。

小首を傾《かし》げつつ、殺人的な仕事をこなしているニケのメモを取り出して確認。

――昨日の戦闘は水都に天文学的な損害を与えた。

最早《もはや》、戦争継続を主張する者もおらず、ピサーニ統領は明日、南都へ発《た》たれるようだ。

オルグレンの叛乱《はんらん》から続く、一連の戦いがようやく終わるのだ。

ただし……侯国連合の中枢を担《にな》う人材多数が喪われた。

ニエト・ニッティは自ら副統領位を退かれ、昨日の混乱下、アトラス侯爵と、聖霊教につこうとした貴族や議員達も死亡した。その中には旧エトナ、ザナ侯爵も含まれる。

南部六侯の内、三侯はヴィオラにより暗殺された。

ホッシ・ホロントは部下達を根こそぎ『贄《にえ》』として使い、失踪。カーライル・カーニエンは健在だが、処罰は免れない。レジーナ・ロンドイロ侯爵は生存、との情報が飛び込んできたものの、引退を仄《ほの》めかされているらしい。ロアも大変だ。

屍竜《しりゅう》の核として使われていたニコロとトゥーナさんは無事だったし、住民の犠牲は獣人族の手助けもあって、最小限に留《とど》まったことだけが不幸中の幸いだった。

窓際《まどぎわ》で、報告書を読まれていたレティ様とチセ様が口を開かれる。

「ふむ……剣呑《けんのん》だの」「そんな程度で済む話じゃないよ。……アレン」

「侯国連合側への要望は全てニケ・ニッティへ。情勢変化後の講和案については、こちらを。聖霊教の目的について、推察をまとめておきました。聖女の件も含めてです」

浮遊魔法で御二人の元へ書類を届けると、困った顔をされ、少女達も額に手をやった。

エルフと半妖精族の英雄が重々しく命令を発する。

「ステラ、エリー！　レティシア・ルブフェーラが命じる。今晩の用が終わった後、こやつを休ませよ。どうせ、一連の戦後処理が全て済むまで、数ヶ月はかかろう。……何処ぞの家庭教師殿は戦功が積み上がり過ぎて、褒賞《ほうしょう》の算出も難しいからのぉ」

「チセ・グレンビシーが立ち会ったよ。ニッティ兄弟の件は任せておきな。他も……精々覚悟しておくんだねぇ。いきなり、辺境伯とかどうだい？」

「「はいっ！」」「……後半は冗談、ですよね？」

ステラとエリーが意気込み、僕は顔を引き攣《つ》らせる。

多くの知見や情報は得られたし、十分なんだけどな……。

「水竜と誓約した者が何の位もないのはまずかろう？　なぁ、チセ？」

「ふんっ。この手の子には現実を突き付けてやらないといけないよ」

二人は悪い顔で別室へと入って行かれ――レティ様が背中を向けたまま、呟《つぶや》かれた。

「王立学校の首席、次席の者に贈られる銀飾りがあろう？　『三日月』と『流星』。あれは……あれはの。二人をせめて忘れぬように、と魔王戦争後に我等《われら》が定めたのだ。あの吸血鬼の件は私も調べておく。聖霊教もすぐには動くまい。くれぐれも養生せよ」

『三日月』『黒花《こっか》』。大魔法『墜星《ついせい》』を使った魔法士。

――そして、姿を現した聖女。

聖霊教はオルグレンの叛乱から続く一連の事変に関与し――王国を、帝国を、連合を撹《かく》乱《らん》。結果として大陸西方の三列強は事実上、対外行動不能に陥った。

これが全て聖女の目論《もくろみ》見通りだとしたら……僕は思考を止め、教え子達に改めて会釈《えしゃく》。

「ステラ、エリー、ありがとうございました。明日以降もよろしくお願いします」

「いえ。御役に立てて嬉《うれ》しいです」「は、はひっ！」

教え子達に視線を合わせ、和んでいると金髪王女殿下がむくれた。足下では白狼のシフォンがお座りしている。

「ちょっとぉ……アレン？　私にはなにもないわけぇ？」

「シェリルにも勿論《もちろん》感謝しているよ。でも――」

『アレン先輩！』

後輩の抗議が、通信宝珠を震わせた。僕はシェリルに肩を竦《すく》め、応答。

「テト、お疲れ様。『侯王列伝《こうおうれつでん》』や『魔王戦争秘史《まおうせんそうひし》　下』の解読はどうかな？」

――戦いが終わった後、僕はニケにこう依頼した。

『ニエト・ニッティ所蔵の、古い水都の資料と知識を全て提出してもらいたい』

その中には貴重な『魔王戦争秘史　下』を始め、貴重な古書が含まれていた。

ローザ様のメモと合わせ、今回の戦いで僕達が得た『戦果』だ。

『あ、順調です。ニコロさんは優秀ですね。先輩の予想通り、最後の侯王は悪人じゃないみたいです。彼が望んだのは、旧聖堂地下にいた『彼女』へ地上の花園を見せ、共に歩むこと。その為に、【天使】と【悪魔】の研究を……って、違いますっ！　どうして、私が古書の解読をっ⁉』

「え？　だって、君に任せれば万事上手《うま》くいくだろう？　僕は教授の研究室筆頭テト・ティヘリナ辺境伯爵令嬢を信頼しているんだ。みんなは元気かい？」

後輩の魔女っ子が沈黙。

視界の外れで、王女殿下と教え子達が内緒話を始めた。

「（……ねえ、今の聞いた？）」「（……アレン様なので）」「（わ、私もアレン先生に信頼されたいですっ!)」

テトが深い溜《た》め息《いき》を吐《つ》いた。

『……はぁぁ。先輩、私は一般人なんですよ？　みんな、元気です。籤引《くじび》きに勝つよう細工をするのはちょっと大変でした。イェンなんて最後までぶつぶつと……』

「相変わらずだね。式には呼んでおくれ。じゃ、また後で」

『なっ⁉　せ、先輩ぃっ!』

通信を終えると、シェリル王女殿下はシフォンの背に隠れ、これ見よがしに愚痴を零《こぼ》しながら、僕の様子を窺《うかが》っていた。ステラとエリーが困惑している。

「……どうせ、どうせ、私はアレンに嫌われているのよ。そーよ。王立学校時代も、リディヤばっかり甘やかして…………ちらっ」

娘のこんな姿を国王陛下が見たら、泣く……いや、逆に利用しそうで怖い。

僕は苦笑し、同期生に話しかける。

「助かったのは本当だよ。どうやって君の手を借りようか、悩んでいたんだ」

「!」

シェリルの表情が、ぱぁぁぁ、と明るくなり、光の魔力が漏れる。

「ア、アレンの為《ため》なら、私」「何より、シフォンにも会いたかったしね」

王女殿下が硬直。俯《うつむ》き、身体を震わせ――

「アレンのばかぁぁぁぁ！！！！！！！！！！！　もう、権力を全力で使って、今度こそ、私付けにしちゃうんだからぁぁぁぁぁ！！！！！！！！！！！」

泣きながら廊下を駆けていく。……学生時代と一緒だ。懐《なつ》かしいなぁ。

忠義溢《あふ》れる白狼《はくろう》も、頭を僕の足にこすり付け王女様を追いかけていった。

教え子達とほっこりしていると――窓の外を白い影が横切り、

「きゃっ」

美少女が中へ飛び込み、ステラに抱き着いた。ティナ達と一緒に旧聖堂跡地の探索に出ていたアリスだ。恨めし気な囁《ささや》き。

「……狼《おおかみ》聖女、大きくなった。重罪。私の敵は最初から有罪」

「あぅ……」「ひ、酷《ひど》いですぅぅ」

ステラが恥ずかしそうに顔を伏せ、エリーは半泣き。

僕は目線を逸《そ》らし、自分の懐中時計を取り出した――そろそろ時間だな。

未《いま》だにステラを拘束している勇者へ質問する。

「アリス、一つだけ。【海鰐《かいがく》】は水都に」

「大樹暴走後はいない。……あの子は、ずっとずっと海の底で泣き続けている」

「なるほど、ね……ありがとう」

聖女の語ったことが真実。なら……アリシアは。

『コールフィールド』と『コールハート』。これも王都へ戻ったら調べないと。

僕はステラを解放したアリスへ小袋を手渡す。

「今朝作った焼き菓子。すぐに発つんだよね？　また、会おう」

「――ん。ありがとう。同志達によろしく。また」

微《かす》かに表情を崩し、『勇者』は窓の外へ跳躍。

純白の蒼翠グリフォンに飛び乗り、夜空へ消えた。……今度、会えるのは何時《いつ》か。

羨ましそうにしていた教え子達にも焼き菓子を渡し、お願いする。

「ステラ、エリー。後はお任せします。僕は約束を果たさないといけません。ああ見えて、リディヤ・リンスター公女殿下も、誕生日を楽しみにしているみたいなので」

＊

「先生～！」「兄様、此処《ここ》です」

旧聖堂前で僕を待っていたのは、手を大きく振っているティナとリィネだった。

ティナの髪は『氷鶴《ひょうかく》』の影響か、幾分長いまま。少しだけ大人っぽく見える。

僕は教え子達へ手を振り、近づき尋ねた。

「……これが水竜の？」

少女達の前方――旧聖堂へ至る道の前に、精緻極まる結界が張り巡らされている。

「はいっ！　ニケ・ニッティさんのお話だと、もう神域化していて、中心部に入れるのは、先生の許可を貰《もら》った人か、アトラ達だけみたいです！」

「兄様、水都の皆さんには、『水竜の御遣《みつか》い様』と呼ばれているみたいですよ？」

「あは……あはは……」

昨日の水竜降臨は、水都のほぼ全住民が見たり、聞いたりしていたらしく、ニッティの屋敷《やしき》でも拝まれてしまった。……全力で情報を操作しなければ。ニケに後で頼んでおこう。

決意を固めていると、カレンとリリーさんもやって来た。

後方には、少女達の背中に隠れる紅髪《あかがみ》の少女。

「兄さん、お待たせしました」「は～い♪　本日の主役の御到着ですぅ～☆」

「ち、ちょっと、カレン！　リリー‼　ま、まだ、心の準備が――」

二人に押し出され、リディヤが前へ。

髪は長いままで、初めて見る純白と淡い紅の清楚《せいそ》な普段着。

ティナとリィネがうっとりとし、メイドさん達が歓声を上げた。

「「綺麗《きれい》……」」『わぁぁぁぁぁ♪』

僕はまじまじと紅髪の公女殿下を見つめた。不覚にも言葉が出ない。

「な、なによぉ……」

リディヤは恥ずかしそうに髪を弄《いじ》くり、上目遣い。

――足下に衝撃。

「「アレン♪」」

白髪幼女と紅髪幼女が中心部から飛び出してきた。二人共、獣耳を震わせ嬉しそうだ。

アトラと――『炎麟《えんりん》』のリア。

何でも、今朝起きたらアトラと一緒に寝ていたらしい。名前はリディヤが付けた。

顕現したのは、それだけ親和性が増したからかな？

狐《きつね》と獅子《しし》に似た幼女達の獣耳を撫《な》でていると、カレンが報告してくれる。

「周辺に問題はありません。気を付けてください。……私の誕生日も忘れちゃ、イヤです」

「うん。ありがとう」

僕の世界で一番可愛《かわい》い妹は優しく、とても甘えたなのだ。

ティナは右手の甲の紋章を見せ、リィネ、リリーさんも手を合わせた。

「今日だけは譲ります。この子も『行かないとダメ』って言っているので」

「兄様。姉様、お気をつけて」「アレンさん、私の時もお願いしますね～☆」

「「なっ⁉」」「認められませんっ！」

リリーさんの物言いに、ティナ達と妹が反撥《はんぱつ》。じゃれつき始める。

……ああ、ようやく全部終わったんだな。

心を落ち着かせ、僕は薄蒼髪《うすあおがみ》の公女殿下に手を差し出した。

「ティナ、お願いします」「はい♪」

魔力を極浅く繋《つな》ぎ、『氷鶴』の気配を感じられれば、全ての準備は完了。

今年もまた一足早く、十八歳になった年上の少女の手を取る。

「それじゃ――行こうか、リディヤ」

「――……はい、アレン」

神域に入ってまず聞こえたのは、水の流れる音だった。

所々に小さな清流。辛《かろ》うじて残った建物の残骸は早くも消えつつある。

竜の祝福とは人知を超えているのだ。

楽しそうに、石から石へと跳んでいく幼女達の後を二人でついて行く。

その間、リディヤは無言。緊張しているのかな？

旧聖堂の中心地からは、既に人跡の一切が消失していた。

そこにあったのは滾々《こんこん》と湧き出る泉と、光り輝く一本の細い樹木だけ。

──新しき大樹の若木。

僕は少女の手を離し、中心へと跳躍した。

ニエトから得た情報と合わせ、辿《たど》り着いた真実を語る。

「かつて──この水都には侯王がいた。彼は強く、優秀で、精霊との親和性があり……何より優しかった。そして、こう考えてしまったんだ。『大精霊と共に歩みたい』と」

水都は千年の都。他の地よりも多くの魔法技術が残存していた。

──その結果。

「彼は大樹の力を欲《ほっ》した。不老になろうとしたんだ。……罠《わな》とは知らずに、ね」

「……罠？」

「相手は【黒の聖女】。目的は八大精霊の一柱【海鰐】──水都を守る『礎石《そせき》』の奪取。

彼女は彼を騙《だま》し、世界樹を暴走させた。怪物達が倒したけれど……収まらなかった」

アトラとリアが歌い始めた。

無数の光が漂い、周囲に幻想的な風景を作り出していく。

「敵は侯王が大精霊に助けを乞う時を待った。……でも、彼は責任感の強い男だった。全てを悟った侯王は怒れる民衆に弁明をせず、自らを犠牲にし、旧聖堂最深部にあった黒扉に身を投げ、暴走した大樹を喰《く》い止めた。同時に【海鰐】の軛《くびき》を解き――」

風が吹き、リディヤは髪を押さえた。

「その役割を引き継いだ。死刑よりも重い記録抹消刑を自らに科し、汚辱を一身に受けて、ね。双竜も、リナリアも――その覚悟故に力を貸したんじゃないかな？」

ニケのメモに書かれていた内容を思い出す。

最後の侯王は誰よりも勇敢であり、選択を誤った後も民を守ろうとした。

……自らの名誉を全て捨ててまで。

自己犠牲の極み。彼は紛れもなく王であり、そして……大精霊を。

目を閉じ、名前を呼ぶ。

「リディヤ」

「は、はいっ！」

背筋を伸ばした紅髪の公女殿下が緊張。頬を上気させ、僕の言葉を待っている。

頬を掻《か》き、素直に告白。

「色々と考えたけど、思いつかなくて……でも、答えは最後の侯王が教えてくれた」

両手を大きく広げると、紅・蒼・紫の魔力が弾み、大樹の若木の光が増す。

アトラとリア、顕現出来ない『氷鶴』が祝福を歌い、溢れた魔力が明滅する。

――魔法式を全力解放。

「っ！」

リディヤが息を呑《の》んだのが分かった。

――若木を中心に旧聖堂の水面《みなも》を色とりどりの花が覆い尽くしていく。

清冽《せいれつ》な風が吹き、月と星灯《ほしあか》りの下、数えきれない花弁《はなびら》が舞い踊った。

両手を胸に押し付け固まっている、少女へ僕は微笑《ほほえ》む。

「今年は誕生日の贈り物にするよ。ここは『剣姫《けんき》』リディヤ・リンスターの為《ため》だけに僕が創り出した約束の花園だ。誕生日おめでとう。また……君がお姉さんになったね」

「………」

リディヤは俯《うつむ》き完全に沈黙。……あ、あれ？　ダメだったかな？

途端に動揺してしまい──次の瞬間、僕はリディヤに強く、強く抱きしめられた。

視界の外れにアトラ達と手を繋ぐ、涙を流す青髪の美少女が見えた。……そっか。

リディヤが僕の胸に頭を押し付け、詰《なじ》ってくる。

「……こういうの、ズルい……」

「気に入ってくれたかな？」

「……バカ。そんな当たり前のこと聞かないで。ありがとう、アレン。……『旧聖堂で誕生日を一緒に過ごせた男女は、生涯結ばれる』……御祖母《おばあ》様に聞いた秘密のおまじない。叶《かな》うと、いいな……」

紅髪の公女殿下は僕の胸に顔を埋《うず》め、何事かを呟《つぶや》いた。

ゆっくり頭を撫でていると、少女は顔を上げ──何かを要求するように瞳を潤ます。

僕はそんなリディヤへ、そっと、口づけを落とした。

穏やかな風が吹き、無数の花弁が再度、月夜を舞う。

光は嬉《うれ》しそうに、楽しそうに踊り、幸せそうな少女をただただ祝福した。

あとがき

四ヶ月ぶりの御挨拶、七野《なの》りくです。

十二巻です！ ……もうね、今巻は間に合わないかと思いました。

本作はWEB小説サイト『カクヨム』で連載中のものに、例によって加筆したものです。

……え？

『お前の加筆』の概念はどうなっているんだ？ ですか？？

一文字でも使っていたら『加筆』です（断言）。異論反論は認めます。

内容について。

まず……おめでとうございます、王女殿下。

初稿↓最終稿における約九十頁《ページ》減。

その猛烈な嵐を乗り越えて、七巻エピローグ以来の本編御登場。誠に喜ばしく……。

狼《おおかみ》聖女に紙幅を大分奪われましたが、生き残った、生き残ったのです！

これは、実質的に勝利なのではないでしょうか？

いいえ！ 輝かしい勝利です‼

……問題は…………貴女《あなた》も作者の敵側である点ですが。

本作において、作者の味方はイオ君と偽《にせ》聖女様だけです。

次巻以降も、二人と頑張っていこうと思います。


宣伝です。

『辺境都市の育成者6』同日発売です。今巻で完結となります。是非！

また、秋頃に新シリーズも発売予定です。

此方《こなた》、イラストはｃｕｒａ先生に描いていただきます。ヒロイン、可愛《かわい》いですよ！


お世話になった方々へ謝辞を。

担当編集様、今巻も大変、大変ご面倒おかけしました。次巻は何とか……。

ｃｕｒａ先生、表紙、口絵、挿絵、完璧です！　最後の挿絵、本当に素晴らしい。新シリーズでもよろしくお願いいたします。

ここまで読んで下さった全ての読者様にめいっぱいの感謝を。

また、お会い出来るのを楽しみにしています。次巻、季節変わった王都にて。

七野りく

富士見ファンタジア文庫

公女殿《こうじょでん》下《か》の家《か》庭《てい》教《きょう》師《し》12

約束《やくそく》の花園《はなぞの》

令和４年７月20日　初版発行

著者——七野《ななの》りく

発行者——青柳昌行

発　行——株式会社KADOKAWA
〒102-8177
東京都千代田区富士見2-13-3
0570-002-301（ナビダイヤル）

印刷所——株式会社暁印刷

製本所——本間製本株式会社

※定価はカバーに表示してあります。
●お問い合わせ
https://www.kadokawa.co.jp/（「お問い合わせ」へお進みください）
※内容によっては、お答えできない場合があります。
※サポートは日本国内のみとさせていただきます。
※Japanese text only

ISBN978-4-04-074478-0 C0193　◇◇◇

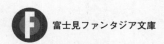